This book explores the key concepts of localization management and how to coordinate all efforts into one goal — speeding up the delivery speed without compromising the translation quality. Moreover, the book aims at helping you gain more insights into the theories by discussing the experiences from some of the case studies.

On top of the technical know-hows, project management skills are also essential to deliver high quality translation within a timeframe.

本地化翻譯專案管理入門

陳仕芸 主編

ocalization is a process of tailoring commercial products to the "taste" of a articular local market, culture, or language. This process involves efforts from a roup of professionals, including engineers, translators, reviewers, project managrs, user experience testers, market researchers, and sales.

This book explores the key concepts of localization management and how to coordinate all efforts into one goal — speeding up the delivery speed without compromising the translation quality. Moreover, the book aims at helping you gain more insights into the theories by discussing the experiences from some of the case studies.

國家圖書館出版品預行編目（CIP）資料

本地化翻譯專案管理入門/謝宗豪，何妤柔，張芸瑄作．一 初版．-- 高雄市：巨流圖書股份有限公司，2021.12
面； 公分
ISBN 978-957-732-642-3(平裝)

1.翻譯 2.專案管理

811.7 110018488

本地化翻譯專案管理入門

主　　編　陳仕芸
作　　者　謝宗豪、何妤柔、張芸瑄
審 訂 者　蔡毓芬
責任編輯　林瑜璇
封面設計　Lucas

發 行 人　楊曉華
總 編 輯　蔡國彬

出　　版　巨流圖書股份有限公司
802019高雄市苓雅區五福一路57號2樓之2
電話：07-2265267
傳真：07-2264697
e-mail: chuliu@liwen.com.tw
網址：http://www.liwen.com.tw

編 輯 部　100003臺北市中正區重慶南路一段57號10樓之12
電話：02-29222396
傳真：02-29220464

劃撥帳號　01002323巨流圖書股份有限公司
購書專線　07-2265267轉236

法律顧問　林廷隆律師
電話：02-29658212

出版登記證　局版台業字第1045號

ISBN 978-957-732-642-3（平裝）
初版一刷・2021 年 12 月

定價：360 元

致謝辭

本書的出版所要感謝的人實在太多，難以逐一表達感激之情。

首先感謝上主的慈愛，若非主的保守與護佑，我何德何能有此幸運進入本地化翻譯的領域，遇見恩師、同仁、夥伴，與許多可愛的同學們。

感謝 SDL（現已與 RWS 合併）、Lionbridge、Shinewave 以及業界許許多多的夥伴，感謝你們的提攜帶領與指導，成為本書產出的奧援；特別感謝謝宗豪、何妤柔、張芸瑄的協助編纂，潤修校對，才得以付梓成冊，你們是本書誕生的關鍵人物；感謝蔡毓芬老師百忙之中，仍抽空審定拙作，使得內容更為完善；感謝出版社團隊的鼎力支持，不厭其煩地來回溝通，方得以如期出版。

最後，感謝在本地化翻譯業界努力不懈的你們，謝謝偉大的你們，才有今天本地化翻譯業界的蓬勃發展。

這本書為你們而生，我以你們為榮。

推薦序一

科技日新月異，在翻譯科技發展迅速的今天，翻譯科技在業界的使用越來越廣泛。科技的發展也開啟了翻譯工作無限的可能：從一人獨力完成工作至多人分工，從線上到雲端，產業環境的變化無疑地影響了翻譯市場，也改變了大家對翻譯的刻板印象。除了翻譯服務型態的改變，人工智慧和社群媒體也改變了人類溝通的模式。在業界越來越要求譯者需具備使用翻譯科技的能力的同時，譯者的角色與工作內容逐漸模糊化，傳統翻譯工作要求的語言轉換能力已無法因應現今的翻譯工作需求，譯者的科技能力，也不再是附加價值。歐盟與歐洲翻譯學院合辦的歐洲翻譯碩士課程（European Master's in Translation, EMT）訂定的 2018-2024 譯者核心能力架構，即涵蓋了語言與文化能力、翻譯能力、科技能力、個人與人際關係的能力、與服務提供能力。

科技越發達，人的價值就越需要被肯定，也越需要強調人性。《本地化翻譯專案管理入門》從教學面比較少觸及的專案管理出發，循序漸進的討論專案管理的各個面向，包括時程管理、成本管理、品質管理，並依不同階段的工作規劃及需求，分章節探討專案流程。在一個專案裡，專案管理師、譯者、審稿員、品管員、語言管理師、排版員等角色如何彼此合作、如何配置、管理、招募等，都是專案管理重要的環節，也充分強調了人的價值。本書還介紹了本地化專案類型，提供實用的報價方式與企劃書製作細節，對管理層面亦有廣泛的討論，包括語言品質管理、語言資產管理，和翻譯管理系統等，內容相當豐富詳盡。

隨著本地化產業越來越蓬勃發展，本地化翻譯的人力需求也隨之增加。很幸運在臺灣大學翻譯碩士學程創立初期，能夠有陳仕芸老師的參與，提供多樣化的本地化與軟體中文化相關課程，不僅讓臺大翻譯碩士學程成為臺灣少數提供本地化課程的翻譯研究所，同時也讓學程與世界接軌。相信《本地化翻譯專案管理入門》一書出版後，能讓本地化教學更加有效率，培育更多符合本地化市場需求的人才。

臺灣大學外國語文學系

蔡毓芬　副教授

推薦序二

我和陳仕芸老師是在她帶領學生到本公司參訪時認識的。她是全臺灣少數具有教學經驗與實際產業經驗的佼佼者，在本地化產業領域裡，若是你想要學以致用，跟著她學習絕對會讓你受益良多。她本身也是本地化公司的創辦人，我認為以她的學識、經歷、知識，寫出來的書會是最貼切、最真實的本地化產業樣貌。

本人在本地化產業工作已有數年時間，目前任職於 RWS Taiwan 供應鏈經理職位。RWS Taiwan 的前身是 SDL Taiwan ，雖然在普羅大眾間並不熟悉這兩間公司名稱，但事實上 RWS 已經是目前全世界最大的本地化產業龍頭。我想這也反映了本地化產業在臺灣都是一直屬於默默耕耘的狀態。很高興看到陳仕芸老師出了一本介紹本地化產業的書，讓未來的學子有機會能夠更瞭解本地化產業，能夠將本地化產業在臺灣逐漸推廣、壯大。

說到本地化，除了大家熟悉的翻譯業務以外，還有很大一部分是軟體的應用，本書也有詳細介紹此部分。我曾經任職於傳統翻譯公司，現今臺灣很多傳統翻譯公司還是相當排斥使用翻譯輔助工具。但據我的觀察，CAT 工具是產業未來的必然方向，也是從業人員的必備技能。畢竟本地化產業趨勢是 AI 智慧結合人腦，多學習一樣工具，都是利於自己未來的職涯發展。因此我很鼓勵大家可以利用這本書，學習到各式的翻譯輔助、翻譯管理系統。

對於未來想在本地化產業發展的人，我相當推薦利用這本書，帶你詳細又完整的見到本地化產業最真實的一面。

RWS Taiwan (Formerly SDL Taiwan)
Supply Chain Manager– Taiwan and Hong Kong

張蕙讌（Amber Zhang）

主編序

在業界無數前輩們辛勤耕耘下，本地化已在臺灣這座小島上發芽、生長、茁壯。已從早期製作使用者介面、手冊的年代，進展到如今下至手機介面，上到智慧雲端的廣袤服務；涵蓋範圍不僅是翻譯、審稿、校對的傳統翻譯領域，更加囊括術語、專案、資源調度等管理領域，甚者在 AI、雲端服務崛起後，本地化產業跨度更加多元，變得更色彩繽紛，光彩奪目，儼然是未來世界的一顆新星，在矽谷，她正是一個不斷蓬勃發展的產業。

然而，在臺灣，小從日常觀看的手機介面，大到各樣專業軟體，雖然人們幾乎每天生活都離不開本地化翻譯的產品，但可惜的是對於社會大眾而言，仍舊無法清楚明確認知傳統的「翻譯」與「本地化翻譯」的差異究竟為何，遑論進一步去探究本地化翻譯所延伸出去的領域，更錯過了科技日新月異下，可與時代並進的高速列車。

有感於斯，對於長期投身於本地化翻譯產業的自己，是時候將從業歷程以來所看到的變化，寫點內容來向社會介紹這個業界，增進認識與瞭解，另一方面，也想對一直以來所感謝的臺灣大學能有所回應，在翻譯學術與行業的互動盡上一絲心力。

本書從管理領域入手，講述本地化產業的分工架構、工作流程，與業內經驗談外，也是回應這些年來在臺灣大學課堂間學生的諸多疑問，能以較為有系統架構的方式，來看整座山林，非僅聚焦於行銷翻譯、科技翻譯、遊戲翻譯等個別主題範疇。

無奈才疏學淺，雖在業界數載，忝居教職，然下筆無著，難以逕自成章，成書過程多所拖沓，幸得參泰斗大作、業內前輩指點、協力作者同工，與公司同仁的擔待體恤，方能在工作繁忙，案牘勞形之餘，輔以末學心得一二，而得零星數句，集腋成裘，權且做為這些年以來的心得分享與整理，但願尚能入得讀者法眼，如能有些裨益，當備感榮幸；若蒙指教，則不勝欣喜。

更希望能以本書拋磚引玉，讓有才者各傾潘江陸海，為業界帶來豐沛巨作，讓更多對這個領域有興趣的人繼續在本地化領域耕耘；也期望本書能給予想要進入本地化產業的譯者或學生明確的業界趨勢以及進修方向，助其對於本地化產業更加熟悉。

陳仕芸

2021 年 03 月 11 日

目　錄

01

前　言

1.1　本地化翻譯的專案管理在學什麼

談到本地化翻譯專案，我們就不得不先談談整個本地化翻譯服務產業，用更廣泛的方式來說就是語言服務公司（Language Service Providers, LSP）。目前所說的 LSP 大致上是在 1990 年代前後，因電腦科技發展後所伴隨興起的產業，隨著網際網路的出現與全球傳播，軟體科技業需要在本國以外地區發行其軟體產品，因此產生了翻譯和本地化產品需求的服務。

語言服務產業其實可以更泛指透過語言資訊轉換為服務或商品，或藉由語言提供必要的資訊與技術，解決或降低交流間障礙的高度專業性並極貼近實務的行業。語言服務主要包含口譯、筆譯、配音、字幕翻譯；本地化服務、語言資產服務、技術工具服務，與軟體開發多語化服務；諮商顧問與本地化策略研究、教育培訓等三大向度。

以 2019 年的市場為例，全球據信已超過 242 億美元的市場規模，而 LSPI 指數的收入成長也高達 14.5% [1]，市場成長相當可期，目前最高估計 2023 年時將可上看 700 億美元的規模 [2]。全球因各家提供服務不一與機構統計方法的差異，但大致上一般筆譯與本地化翻譯公司提供相關的服務占比約占市場的 70%、口譯與電話或線上口譯占 15%、排版相關占 5%，其他約 10% [3]，近年來又以機器翻譯編修的產值飛速成長為矚目焦點。

本地化服務則專注在軟體業及其相伴的服務業上，但不限於單純的文字內容，反而須經常性地嵌入所欲保留軟體中的程式語言標籤，隨著本地化專案的規模與所涉及語言的數量將逐漸增加其複雜性，成為一門極其複雜又專門的領域。至今，除了本地化一般性文件的工作外，更包含諸如軟體開發、測試、排版、行銷服務、支援服務，或關鍵字搜尋等類型。

本地化工作允許多人的共同協作，專案管理師在客戶與譯者中扮演著穿針引線的重要角色，向外連結了譯者、審稿人員、工程師、測試人員、排版人員等相關人員，並可依據專案規模伸縮變化，於日趨複雜的專案中，精巧並審慎地控制預算與計畫。

隨著產業蓬勃、各家公司逐漸壯大的過程中，工作流程與處理時間即成為該產業的重要關鍵，其中的核心者便是：「處理時間、成本與品質」[4]，且此三者通常難以兼得，因此如何求取平衡，即成為本地化專案管理所欲探求的重要目標，這也將是本書探討的主要內容。

本書同時兼顧本地化翻譯公司所會碰到的各類型案件，諸如多媒體影音類翻譯、法律類翻譯、遊戲類翻譯等個別領域；亦將介紹軟體系統、機器翻譯編修等業內應備知識。這些雖或多或少與筆譯相關，但實則遠非「翻譯」一詞即能含括本地化翻譯之堂奧，因此，本書以實務角度切入，引領讀者從語言服務走進本地化翻譯的世界，一窺這個在這數十年間不斷成長，並滲入我們日常生活極為深刻的有趣行業。

1.2 給在校生的話——走向學術理論與實務經驗結合的未來

在校生通常可以理解「翻譯」或「翻譯界」這個詞彙，也可能透過課堂上學習了不少「翻譯理論」，但對於發源自翻譯但又不全然屬於翻譯領域的本地化翻譯卻相當陌生。

誠如 Andrew Chesterman 對於翻譯理論用途的認識：「在理論上固有奇趣，但實際用途不大。」[5] 理論如何運作到實務，總有些天然隔閡存在。以文學翻譯理論上最常使用的順譯法為例，在本地化實務翻譯的要求上卻難以說是最佳譯法，順譯的結果會影響到閱讀觀感，客戶或廠商對於結果上的感受也不盡理想。雖有著較為流暢的作業速度，但通順度與閱讀感則會有一定程度影響。而本地化即會藉由許多句法重組、語義判斷來進行一定程度的譯文修改，並且藉由電腦輔助工具來進行一致性與效率化的作業，方使得內容具有較好的通順度與閱讀感。

為彌補理論與實務的差異，目前各校已陸續開設翻譯實務課程。臺灣大學翻譯碩士學位學程即開設不少實務課程，如：翻譯專案管理、電腦輔助翻譯工具、IT 類創意行銷翻譯入門、本地化翻譯入門、運動書寫翻譯、旅行書寫翻譯、公文法規英譯、喜劇文本字幕翻譯等課程，聘請業界人士前來教學，其中不乏一些知名譯者，足見學術圈已意識到學理與實務的整合，已是在發展中的進行式了。

在國際上，以中英雙語語向的國家如美國與中國，各自也有專門的翻譯碩士，甚至是翻譯與本地化管理碩士等學位或學程。例如在美國翻譯與本地化翻譯管理（Translation & Localization Management）已是名校明德大學蒙特雷國際研究學院（Middlebury Institute of International Studies at Monterey）為首的一種專業碩士學程。內容以本地化技術為核心內容，協助學習者能在快速發展的本地化行業中取得優勢，亦在其中學習網際網路操作能力、程式語言、財務和市場營運等基礎管理的實務。多數課程幾乎是由業界實務經驗人士來擔任講授，以實務為其課程導向。

中國也有不少翻譯碩士，甚至是本地化翻譯的人才培育，但依據《翻譯碩士培養研究：環境與結果》的研究顯示，LSP 的產值與就業人數越來越高，而翻譯碩士在實際執業的勝任力卻是普通，是職業知識尤為欠缺的具體結論[6]。近年來，有逐漸改善調整的趨勢，並在發展中形塑出本地化翻譯的經驗與優勢，有不少經驗是值得雙語語向國家所借鏡的。

綜合而論，較之於亞洲的對於本地化翻譯實務的接軌而言，美國仍居於領先地位。相比之下，臺灣尚無本地化翻譯或電腦輔助翻譯專業為主的碩士學程；更難說在人才培養與職業訓練上，仍缺乏較為系統性的課程與學術耕耘。雖好不容易跨出學理與實務整合的第一步，但平心而論，要比肩產業內的領頭者，仍有一段路要加緊努力。

本書除了介紹管理上的各樣理論外，更期盼能對實際執業技能、熟悉行內術語、理解工具與管理知識帶來體系性與廣泛地講解，以提升目前學生未來職場競爭力；對於業內的朋友而言，透過本書的內容介紹，將能夠針對自己尚未觸及的內容有一定程度上的認識，並能結合目前的職場技能，從而在職場上有更進一步的發揮與更好的表現。

本書建議的閱讀程度以先有相關翻譯學門領域知識或已在翻譯相關行業者為佳。學生讀者建議先行修習過本地化翻譯入門相關課程，具備一定電腦輔助翻譯工具（Computer Assisted Translation Tool, CAT Tool）技能者為佳。此外，為盡可能忠實行業內日常溝通用語，寫作時工具或常用名詞將偏好以縮寫替代，如因此仍有不清楚的詞彙，可查詢附錄內的資料做為參考。

註 釋

1. 詳細內容請參閱：Data and Research of Slator Reports, *Slator 2020 Language Industry Market Report* (Zurich: Slator Inc., 2020).
2. Sarah Hickey, *the 2019 Nimdzi 100* (Seattle: Nimdzi Inc., 2019), p.23. 惟 2020 年報告下修為 683 億美元，請參閱 Sarah Hickey, *the 2020 Nimdzi 100* (Seattle: Nimdzi Inc., 2020), p.22.
3. 詳細內容可參考 CSA Research、Nimdzi、Slator、中國翻譯協會等機構關於每年度 LSP 展望的相關報告。
4. Paola Valli, *"Fundamentals of Localization for Non-localizers"* Translation and Localization: A Guide for Technical and Professional Communicators (London: Routledge, 2019), p.117-118.
5. Andrew Chesterman,Emma Wagner, *Can Theory Help Translators?: A Dialogue Between the Ivory Tower and the Wordface* (London: Routledge, 2014), p.5
6. 高黎，《翻譯碩士培養研究：環境與結果》（北京：科學出版社，2018 年，第二版），頁 138。

02

本地化翻譯專案管理

2.1 本地化翻譯專案管理的基礎

本地化翻譯產業通常是伴隨各產業界與之共同發展的行業。特別是軟體科技業，隨著全球多語化市場的逐年擴大，翻譯也逐漸成長，進而成為一項專門、獨特且具高度實用的領域，也就是翻譯專案管理。

翻譯專案管理做為運用科學來標準化、數據化、規模化的領域而言，與其他管理領域具有高度重疊之處；但翻譯專案管理，通常具有週期不定性、漸進累積性，以及各產業領域的特殊性，而因此與一般管理領域又有所不同。

傳統管理所謂的週期性，有以週、月、年、季度等做為一定週期單位；然而，翻譯專案週期卻可能小至以「天」為期的單位，長卻有可能長達數年之久，端視不同客戶、不同性質專案而定。也因啟動週期極其不明確，在業界內部將此稱為翻譯專案管理上的「臨時性特色」[1]。

再者，傳統管理偏向先設定或設計好規格後，接著才建模、開模、製造，但在翻譯專案管理上，會隨著客戶專案的發展而逐步前進，漸次取得細節性資料，並隨著時間與進度的擴張，累積充足的翻譯記憶（Translation Memory, TM），因此具有高度的漸進累積性質，並隨時進行彈性地調整，而逐漸明朗[2]。

最後，對於不同產業的客戶也將容易發展出不同且各具特色的性質。雖然在流程與標準中可加以規範，但針對特別產業亦可產生其特別的慣性，如客戶偏好的語言風格。如何將其特殊字詞本地化後，轉為一般大眾所能普遍認知的通用概念，而該概念又會與其他同產業類似產品做出區隔性或封閉性，則考驗該專案團隊的專業能力。

2.2 本地化翻譯的國際標準

國際標準認證對於各行各業的管理類型均相當重要，對於本地化翻譯公司而言亦有常用的標準，這些標準雖不一定具有強制力，但對於指導性原則而言依然具有重要意義。

國際標準指的是國際標準組織（International Organization for Standardization, ISO）所訂定的各種標準化規則，ISO 主要的重點是針對各行各業的作業流程、管理流程或制度層面進行規制化與標準化，從而降低因人為差異所導致的產出成果不一致。

ISO 各個標準的成立許多時候是基於該領域行業已經示範或已採行了某些標準，根據這些標準再進一步最佳化或進行流程改善，從而成為新的 ISO 標準。例如 2006 年制定的歐洲標準 EN15038 即是 2015 年 ISO 制定的 ISO 17100 標準的前身。多數的 ISO 認證有限期限約 3-6 年左右，但每年都需要進行一定程度的監督，效期較長的認證有可能在 2-3 年內仍須接受驗證。

在本地化翻譯領域內最為重要的是翻譯服務的主要認證 ISO 17100、機器翻譯（Machine Translation, MT）與譯後編修（Post-Editing, PE）的 ISO 18587 以及品質管理的 ISO 9001 等認證最為常見；其次是在翻譯流程或翻譯相關體系中再更進一步者，如翻譯品質確保與評估的 ISO 21999 與 ASTM F2575 - 14、術語資源管理的 ISO 30042 等認證；再次是較為偏向技術性質或更為廣泛者，如資訊安全相關的 ISO 27001、語言資源管理類的 ISO 24620 與其相關系列等認證。

除了 ISO 認證外，各國也針對其 ISO 的數項標準有著對應性的國家認證。例如 ISO 17100 針對翻譯服務規範，對於翻譯人員有一定程度的專業要求，並且定義翻譯前中後各流程步驟，而相關類似的標準有美國的 ASTM F3130-18、加拿大的 CGSB131.10、歐洲的 EN15038、德國的 DIN2345、中國的 GB/T19363.1

等標準[3]；繁體中文雖沒有相對應的標準，但在針對品質管理規範的 ISO 9001 上，也是有提出相對應的標準 CNS 12681。

此外，關於技術性的格式統一，也有相關的國際規範。早先是從本地化產業標準協會（Localization Industry Standards Association, LISA）所制定一連串相關規定，如 TBX、SRX、XLIFF 等格式的統一，目前是由全球化與本地化協會（The Globalization and Localization Association, GALA）接手繼續完善相關細則。

無論採行何種規範，對於不斷快速發展的本地化翻譯或整個語言服務都是重要的，特別隨著資訊交流的愈加頻繁，如何提升翻譯的嚴謹與正確度、降低人員的個別影響、標準化公司流程、加強溝通與管理效率，是在業界生存的每間公司所必須要面對的嚴肅課題。

2.3 本地化專案管理架構

國際上對於專案管理的權威，主要以美國國際專案管理協會所出版的《專案管理知識體系指南》（PMBOK Guide）為標準，通常書籍約 4 年改版一次，不僅是國際 PMP 證照考試的標準教材，也是國際 ISO 21500 與臺灣國家標準 CNS 21500 的重要參考，廣泛應用在軟體開發、傳統工業、製造業等。

第六版的改版，除了新的商業論證與新工具管理計畫外，對於敏捷與適應式方法論（Agile and Adaptive Methodology）、效益管理與知識管理（Benefits Management）有比較多的更新與琢磨。

《專案管理知識體系指南》主要有五大流程階段與十大管理知識領域。五大流程階段指的是：起始階段（Initiating）、規劃階段（Planning）、執行階段（Executing）、監視與管制階段（Monitoring and Controlling）、結束階段（Closing）等流程階段，但由於在翻譯管理流程中執行、監視與管制幾乎是同時進行，因此在本書的分類上會將其列入同一章節來向讀者介紹。

十大管理知識領域分別是：專案整合管理、專案範疇管理、專案時程管理、專案成本管理、專案品質管理、專案資源管理、專案溝通管理、專案風險管理、專案採購管理、專案利害關係人管理，與前述流程有各自對應，當中對本地化翻譯管理最重要的是時程管理、成本管理、範疇管理與品質管理這四大項。

在本書編排時，由於業界傳統上多為長期合作簽約，因此在分類上，將依照業界模式進行一定程度的調整，並未完全按照《專案管理知識體系指南》進行劃分。例如在起始階段，本書將資源評估、財務規劃、取得專案放入起始階段，而將原本財務規劃中關於成本管理與預算制定依照常規仍放在規劃階段；另外，為了閱讀順暢度，將專案品質管理與專案風險管理放入專案執行、監視與管制階段來統一介紹；其他本地化翻譯專案中，較少碰到的範疇如專案採購管理、專案利害關係人管理，則省略介紹；針對專案資源管理、專案溝通管理，則散諸各章節當中，不單篇予以介紹；重要管理知識領域環節則依照情形不同，部分散諸流程階段簡介，請讀者知悉。

2.4　翻譯專案管理的主要向度

以專案為出發點進行考量，核心為「範疇、時程、成本、品質」等四大項管理領域，在依照流程介紹前，特別將定義與核心意義進行說明。

2.4.1　專案範疇管理

專案範疇管理指的是：是否在預期範疇內完成並避免客戶過度擴張。

這包含各細項與階段的範疇控管，通常在專案流程內，無法避免客戶或不可預期性的適度範疇擴張。合理的擴張範疇通常不應超出原始每月預期字數的20% 預測產能，產能的超出並不只意味著加班、增加人手，更可能遇見的情況是範疇失控與急件，將使得譯文品質下降，甚至影響到專案結尾與其他專案的排定檔期強碰，是範疇控管必須要嚴格力守的界線。

2.4.2　專案時程管理

專案時程管理指的是：是否在規劃或客戶所指定的時間內開啟與終結專案。

這包含是否能預留足夠彈性時間給予不確定、追加或風險的各樣狀況。此向度，最常使用的是藉由過去類似案例的類比估算法（Analogous Estimating），但對於專案轉換、新專案或案例過舊時，則會使得預估大幅偏離預期；因此較為可靠的是混合運用估算後，並妥善針對數個週期點與客戶商討重大時點的重合情況（如產品發表日期、季節性活動、對其他專案的等待期或進度超車），來推測預定的專案終結時點以及期中提交的數個時點。

2.4.3 專案成本管理

專案成本管理指的是：是否在規定的預算內執行完畢。

這包含是否能找到價格合理的供應商或譯者，請注意不應是傳統習慣的最低價，而應是最合理價格。合理價格所帶來的是較為可預見的品質，最低價格對於成本逐漸偏高的發展中的地區或國家則經常演變成惡性轉發包或壓榨底層譯者的慘狀，對於整體品質控管也十分不利。此外，特殊或本地化翻譯正方興未艾的語言，價格混亂性是存在的，縱然較佳的預算也未必能找到品質可控的供 應商或譯者。穩定的團隊，仍有賴長期性的訓練與培養，也會特別著墨尋找目標語言項重點區域中的長期合作夥伴來共同開拓，如東南亞的本地化翻譯業務上，會選擇以泰國的廠商為主，來進一步發展寮國的市場。

2.4.4 專案品質管理

專案品質管理指的是：是否品質可受檢視、是否達到預期的品質、品質標準是否是一般業界能夠普遍理解。

業界對於品質管理的普遍認識多半限於是否到達預期的品質，這將較傾向以客戶為標準的預期品質，其缺點是客戶對於品質的受檢視程度、預期程度，甚至是何為業界通常標準的認識程度不一，從而導致在進行品質管理分析時，流於鬆散或形式的檢視。樣本彼此不一也是長期性對於專案甚至是經營產生不可控或成效不符預期的主要原因。因此，建立雙方都能有的穩定品質認知，是品質管理的第一步。

2.5 本地化翻譯專案流程

每一個翻譯專案都有其不同的週期，無論長短，大抵上可分為：起始、規劃、執行、監視與管制、結束完成等階段，往下分類後會產生更多的具體細節，例如編列細項預算屬於規劃階段；管理執行屬於執行階段；控管進度與控管品質、控管風險屬於監視與管制階段；整理資料後提交送出屬於結束階段。

各階段皆有其重要的內容，以下逐一介紹：

2.5.1 專案起始階段

在《專案管理知識體系指南》的分類下，起始階段主要是發展專案章程與辨識利害關係人（Stakeholders）[4]，而將管理計畫書、資源評估等放在規劃階段再處理，但考量業界習慣方式與本地化翻譯業專案調性與一般專案時程不同的原因，本書仍將部分內容移至起始階段進行介紹，這較利於對於整個流程的理解。以下將對於專案起始階段進行介紹：

2.5.1.1 訂定發展專案章程與辨識利害關係人

在專案最起初尚未與客戶接觸的最早期，公司內部都應該為了將來的專案需求，而制定適切的指導方針，也要訂立一些如人力資源、保密分級的政策，針對後續的專案設立檢核表格與稽核標準，進一步如果有能力應該對於專案管理的計畫書、各類型契約、風險評估報告、利害關係人登錄表等進行法務、財務與管理端的綜合性評估並建立起相關表單。

最忌諱的是直接以前案照抄，這通常會多所錯謬，建議還是制訂統一且可具備彈性調整的表格，讓專案負責人與管理人員皆可清楚明白地知道哪些地方是應該彈性修改，哪些地方屬於範本格式而毋庸重新制定。建議為符合 ISO 9001 與 ISO 19011 相關的作業標準，應該定期對於文件有與時俱進的修正，並且建立外部稽核、第三方稽核的相關機制。

辨識利害關係人雖然不同於一般工業製程高達數十、甚至數百家供應商與廣泛的外部關係人，也很少廣義化後擴展到環保團體、大眾媒體等，對於本地化翻譯類型的利害關係人則較為單純，實際上也很少公司針對利害關係人進行深入的管理或製作利害關係人登錄表與分析表。

對於本地化翻譯專案下的利害關係人，建議可以採取共同創造（Co-Creation）的理念，諮詢那些受專案影響最大的利害關係人意見，共同創造的概念強調的是將這些利害關係人視為合作夥伴的關係，其正面的價值將有助於帶來相關的利益[5]。

2.5.1.2 計畫整理與資源評估

確認客戶具體意向與計畫書相當重要，雖然事前已可能有數次協商或預告專案產品線可能開啟的通知，但依照通常經驗，專案等到做出正式的提交文件為止的前置性討論，與實際內容多數都仍有相當出入，進行意向與計畫的整理是有效地縮短與客戶溝通的重要方式，也是能將專案真正進入具體細節的開端。

在起始階段，最重要的莫過於計畫書中定義的總需求量、總預算、總目標，以及專案的假設條件與限制可能因素，其次是整體專案的資源評估。但請務必注意，翻譯專案多半期限短，因此很難依照每一個細節進行定義，甚至是走完一般公司內部的簽呈授權流程，因此，在計畫書中會具體地直接授權與客戶窗口接洽、指揮團隊運作、切割重組專案內容等權限，來使整體專案順利運作。

若該專案屬於多團隊或多公司共同進行，則在起始階段盡可能就要將對於該專案的每一關係人各自依授權不同編列群組，並設定可檢視或可編輯的層級密度，這特別是在需要高度機密的未上市發佈產品線中尤為常見。此行動除了在起始階段即應實行外，在整個專案週期內亦需要隨時進行調整，防止遺漏或避免已離開專案者取得專案內部資料。

特別提醒，若是關於機器翻譯或非以英文為母語但卻以英文為譯出語（Source Language）[6]時，應該要針對客戶進行風險告知，並審慎預估可能發生之風險與應對發生時的狀況。

2.5.1.3 財務規劃

多數的本地化翻譯公司無論是針對直接客戶，或是成為其他本地化翻譯公司的供應商，一般情況下，單價有著較為固定的業內行情，波動不是太大，除因應特別的內容才會產生額外費用。也因此專案管理師在處理預算時，主要是根據工作範疇內的項目或 Working Package 的內容寫下字數或時數的總量來帶出總額的報價。但也需要注意是否有依照頁數、時數或其他特別的計價方式，特別針對如查詢地名、編纂辭典等類的翻譯專案，務必詳加規劃合理的報價。

如遇到比較大型長期的專案，建議應該編寫〈專案效益管理計畫書〉，並且將一些財務指標列入衡量，例如：淨現值（NPV）、投資報酬率（ROI）、內部收益率（IRR）、效益成本比（BCR），並將旗下各翻譯團隊或供應商的生產效率列入考量，較能夠完整地推算出預算與平衡專案。如果是大型專案，往往在現金流的規劃上容易出問題，較有經驗的公司會習慣將其送入更高層級的管理階層直接列管，以把握整體執行的狀況。

此外，在財務規劃上，有時會忽略針對季節性調整的費用，如春節新年期間的加價，通常不會特別註記，而是隨著後續委託訂單（Purchase Order, PO）開立時，才會進行調整。部分公司在開立 PO 或結帳時，也不一定是由專案管理師進行處理，而是由公司財務相關人員處理，這也是在處理上容易疏漏掉的一環，對於跨國配合的專案中偶有此情形發生，應多加注意。

再次，多語言翻譯時，容易誤判的是同語系下的分支語言，認為是同一報價。例如簡體中文、繁體中文（臺灣）、繁體中文（香港），其市場價格皆不相當，且有一定程度差異。若首次接觸語系下的分支語言時，請務必注意。如是身為銷售經理或業務經理向客戶報價時，亦應妥為解釋分支語言的相關問題，並針對專案形式如何執行須妥為溝通。

最後，最為重要的是付款週期。在發展的過程當中，面臨到的現金壓力會逐漸增高，因此客戶的付款週期時間以及是否折讓即成為棘手問題之一。傳統的付款週期主要是 30 日、45 日或 60 日，國際匯款日期可能會再延後 2-7 日入帳，加之匯率變動與手續費等因素，因此對於現金流應該要有充分規劃，如有難處，請事先適度地請求較短的付款週期，留下大量緩衝時間。譯者或供應商對於譯費是否準時入帳，多數都視為與該合作公司可否信賴的重大評估指標，因此，對於自家公司的現金流情況不應該做太過樂觀的規劃，而應朝保守預估會較為理想。

2.5.1.4 取得專案

專案管理固然重要，但如果沒有辦法取得專案，則遑論管理了。不同於專案管理將焦點放在專案管理師身上，專案取得重視的是公司內部各部門間的協調，重點在於團隊集體的競爭力，銷售經理或業務經理算是這臨門一腳。

通常在自我推介的過程當中，無論是單語向的本地化服務公司或多語向的本地化服務公司，如有關於 ISO 9001 標準的認證或具備有 ISO 27001 標準時，都能取得一定程度的信賴基礎，若非屬上述類型公司，則通常要提交相關實績做為參考依據。

接著會提供其客戶關於服務層級協議（Service Level Agreement）。此時並不建議均依據公司定式文件送出，應該依據客戶預算、客戶需求與客戶面向來仔細定義。請注意過多的審查步驟或提高審查密度，不見得對整體成品的最終表現有邊際性的顯著增加，徒增或虛耗成本的狀況屢見不鮮，銷售經理應該與內部妥為審慎評估。

對於大型專案，客戶經常有所謂的提案請求（Request for Proposal），但經驗上很難僅以數次洽談就達到精確的估算。建議可以詢問供應商請求對方估算價格，再回推最終合理的定價與時程。如果遇到部分客戶要求組建特殊的任務性團隊時，應審慎盤點己方資源，並且嚴格確認細節、範疇與預算，再向客戶提案說明。請不要忽視這塊，這往往是長期性專案執行為期 2-3 年後會面臨棘手問題的領域，請盡可能劃定有限的規模與編制，而不要模糊帶過，也不要為取得專案，便忽略應該注意的細節。

針對未能取得客戶專案的提案或競標，都應該要審慎檢討。雖然取得與否，很多時候客戶是基於成本考量或自身偏好，不見得與公司團隊的優劣有關係，但藉由一次次地提案或競標，應該是能逐漸掌握到客戶所喜好的作風與方向才是，也因此檢討的重點除自身缺失的修正外，更重要的是對未來提案策略的制定，方能向成功更邁進一步。

另外值得注意的是客戶在近年為大幅降低成本，陸續從傳統翻譯走向機器編修翻譯，其中也不乏較為成熟的機器翻譯，這些都是本地化翻譯公司所即將面臨的挑戰，報價以及譯後編修品質都與傳統上的 TEP 的處理大不相同，利潤也相差甚大，好比是從精耕細作走向粗放農業的巨大變革，而如何提出較佳的因應策略與培養好的團隊，將是下一個時代能取得優勢的重大關鍵。

2.5.2 專案規劃階段

此階段是整個專案進行的重頭戲，也是引領整體專案成敗的關鍵。在此階段將會把之前所提及的「範疇、時間、成本」更加具體地列入考量，並加入風險管理的思維來具體細節化整體專案的進行。

2.5.2.1 特定範疇

本地化翻譯的專案範疇，多數是預測式專案，較少是調適性、敏捷式專案，也因此開發手法、管制方式、穩定度等都較為可控與確定，各公司可以視自家接案情況來決定是否制訂範疇管理計畫書，但依然建議制定工作分解結構（Work Breakdown Structure, WBS）[7] ，WBS 可將工作範疇階層式分解，規劃具體的哪些工作提交哪些團隊具體執行，也便於細部檢視每一工作的進行狀況，也更容易評估具體的時程與成本。具體的做法，舉一般性的語言處理分解為例，可分為：建立詞彙表、翻譯、編修、審稿、語言品質檢測（Language Quality Inspection, LQI）、語言品質確保（Language Quality Assurance, LQA ）、領域專家審閱（Subject Matter Expertise, SME）等，而具體我們又可以將建立詞彙表又再細部分解為：匯入語言資產系統詞彙、匯總客戶資料、翻譯前置概覽等[8]。但請記得無論採取什麼樣的分解架構，請對於範疇基準有明確且嚴格的定義，否則過於細分的工作反而可能增加了不必要的麻煩，進而造成資源使用不當，甚至是工作執行效率大幅度降低。而範疇基準也通常是做為實際結果對比，並且修正未來處理流程的重要依據。

對於完成客戶成品，所需要蒐集的資料在起始階段雖然已大體知道整體走向與總需求字數，但專案的操作通常是複數語言與複數項目，因此具體定義內容絕對有其必要，以下指標問題可供參考：

> 該專案要做哪些項目？這些項目的檔案格式會是什麼？

> 主要譯出語為何？處理範圍為何（是否包含 100% 或 In-Context Match (ICE)）？

> 分支語言範疇應如何分配與界定？如中文的簡體中文、繁體中文（臺灣）、繁體中文（香港）。
> 加權字數的具體計算為何？採用哪一工具做為計算？
> 翻譯是翻譯加審稿？或是翻譯、審稿，加上校對？
> 有沒有其他的可能工作事項，如排版、測試等流程產生？

專案管理師在與客戶往來的信件當中，請務必重複確認客戶的精確定義為何，否則經常在專案進行過半時，產生客戶認知與專案管理師認知不一致的情況，而需要大幅修正專案。經常發生的案例是客戶要求翻譯不要出現翻譯腔，沒有翻譯痕跡，雖然這是一個乍聽之下頗為合理的要求，但卻使得執行團隊無法明確理解該程度為何。因此具體的給出明確範疇與妥善舉例是相當重要的，對於越龐大的案子越應如此。寧可早期投入比較多的心神與成本在範疇上的規制，也不要在這塊馬虎，導致後期耗費大量精力與追加預算來補修漏洞，請記得翻譯成本一旦有全文重譯的情形，即可視為是失敗的專案。

此外，值得一提的是關於機器翻譯的譯後編修，雖然在歐洲各語系間已行之有年，但以英文為譯出語來進行多語翻譯時，在亞洲各語言是否也能有類似低廉成本與類似難度，實則不無疑義，特別是關於同音異義與一字多義、語言結構衝突、俚語等問題[9]，仍是機器翻譯以及譯後編修所面臨的挑戰。

2.5.2.2 範疇說明

將範疇具體限縮後，便可以將結尾成果應提交的範疇與內容具體指出。通常會以信件或範疇說明書的形式來與客戶整理整個應做內容，並同時開 PO 的資訊。大致內容如下：

> 提交成品：通常是之前所設定之文檔提交、QA report、Xbench rcport 或其他報告。如有排版工作，則另行提交排版後的格式。
> 工作指示：客戶所提供的風格規範（Style Guide）、各樣檔案格式表格或使用軟體的具體規範、TM 檔案與使用方式、QA 的範疇、其他的排除責任、限制條件、假設條件等，具體仍應視專案而個別認定。
> 特別備註：通常較少使用。常見的有：標注某些檔案有特殊情形需要注意、某段期間的單價調整，或其他特殊注意事項。

2.5.2.3 時程規劃

本地化翻譯所使用的時程規劃較少用到敏捷式開發、迭代排程、按需排程的型態，其時程具有較趨於單一、不定時、專案生命週期極短等趨勢，因此在時程規劃下較為注意的應該是資源彼此是否互相排擠，以及注意到人力資源部門與資源部門的活動狀況，絕大多數時候，多位專案管理師同時數十條或數百條線專案都是在同步進行的，如有資源共用的情形，資源排擠才是在時程估算最主要的問題。

藉由既定的表單與範疇管理通常已經能形成一定程度的時程規劃，更可以藉由如 TMS 系統、專案管理資訊系統（PMIS）或其他管理生產力工具所提供的時程或流程規劃管理來進行，這些軟體都有助於規劃、調整活動順序，也可以設定提前或延後，並區分相依的類型。目前的 TMS 系統也幾乎都具備重複範本的功能，可供專案管理師在時程規劃時來使用。

流程上，如為一般性質的校對，則分為翻譯、審稿、校對的流程，互相之間也有緊密的關係，必須前者做完才能繼續後者，也因此通常一間翻譯公司針對共同資源會設置專案資源行事曆，來分配各專案與所有人員之間的排程，避免資源排擠或壅塞的情形發生。為避免突如其來的風險，預留足夠彈性時間給予不確定、追加等各樣狀況，即成為另一項重要指標。

最常使用的是藉由過去類似案例的類比估算法，對於專案轉換、新專案或案例過舊時，會使得預估大幅偏離預期，但對於性質類似且團隊成員有相應的專案經驗與知識時，類比估算法則是較為便宜且可靠的做法。

另一種估算法是參數估算法（Parametric Estimating），以歷史資料與專案參數為基礎來計算成本或期程的推算方式，這在建築業界中比較常見，常用於量測鋪路的所需成本與時程，對於本地化翻譯專案中則是應該把各團隊的表現能力，具體量化成為推估標準，這對於已經長久發展穩定的公司，其資料準確性高，運用此估算方式也較為準確。

對於全新專案，在缺乏歷史資料時，則可以使用三點估算法（Three-point Estimating）來進行評估，簡單而言，是將最可能值、樂觀估算值、悲觀估算值等三者據此估算出一個期望期程，來評估可能期程的方式[10]。

較為複雜的評估法是由下而上估算法（Bottom-up Estimating），透過匯總工作分解結構（WBS），將各個低層級的組件來進行推算，其好處是因為藉由各個細部的推算，所以具體期程是較為穩定，不至於有過大的偏誤，進一步更可以加強執行時的追蹤，來具體瞭解整套的估算是否正確，但通常對於一般專案執行較少用到，主要還是由於專案期程過短，且重複類似性的專案居多，因此該種評估法，主要會用於大型專案、組合專案或其他新型態的專案之中。

業界中更為常見的是混合使用類比估算法與參數估算法，並妥善針對數個細分後的週期點並與客戶商討之重大時點（如產品發表日期、季節性活動、對其他專案的等待期或進度超車），來推測預定的專案終結時點與期中提交的數個時點，亦有不少專案是依照客戶需求直接排定而缺乏時程估算，但可能將會產生資源排擠的問題。因此，估算方面最應該還是要回到專案性質的考量，來決定要用哪一種估算方法，並盤點內部資源的運用，實務上專案管理師在制定整套評估時，多會洽詢人資部門與資源部門，來避免資源運用相衝突的情況。

對於管理整體資源的部門而言，建議是更進一步使用甘特圖（Gantt Charts）來圖像式呈現各專案資源的調度情形、完成時間與里程碑狀況，並藉由此資料分派資源，更進一步具體地來管理專案資源行事曆。

2.5.2.4 成本規劃與預算制定

成本規劃與前述介紹的財務規劃有區別。

成本規劃的手段同樣也有類似的類比估算法、參數估算法、由下而上估算法、三點估算法等，均可評估自身公司與專案的情況，並參考上述在時程規劃中所提到的估算方式，來進行合理的預估，也可以使用 PMIS 來協助成本的預算估計，以及模擬可能的情形。

成本規劃相當有賴資料分析。資料分析的備選方案分析、儲備分析、品質成本等[11]都相當重要，特別是品質成本問題，十分常見。為達到客戶滿意或符合規定品質，常使得部分專案出現成本暴增或重工狀況產生，或是因為降低成本，而使得後續品質產生狀況，這是應值得注意的問題。預算的制定上，則應考量如財務規劃、企業環境如匯率等波動；審慎評估資金平衡狀況、現金流狀況、是否有融資資金等因素，並可從 WBS 中匯總成本來加以考量。

管制成本方面，目前已開始漸漸地朝實獲值分析（Earned Value Analysis, EVA）來發展。實獲值分析將實際時程、成本績效與績效衡量基準來進行比較，並整合範疇基準、成本基準及時程基準來形成績效衡量的標準。通常在管理監控中有三個層面是其注意的目標[12]：

> **計畫值（Planned Value, PV）**：通常按照 WBS 下來核定預算。

> **實獲值（Earned Value, EV）**：衡量已實際執行預算的工作成果，通常會用一個完成百分比來評估。

> **實際成本（Actual Cost, AC）**：在特定期間內進行一個工作所實際產生的成本，也是 EV 衡量完成工作時所發生的總成本。由於該值是代表著實際所花費的成本，因此發生重工、意外支出時該值將會變得相當高。

有此三值以後，進一步地，會進行變異分析，主要有時程變異（Schedule Variance, SV ＝ EV － PV）、成本變異（Cost Variance, CV ＝ EV － AC）、時程績效指標（Schedule Performance Index, SPI ＝ EV/PV）、成本績效指標（Cost Performance Index, CPI ＝ EV/AC）等不同的評估。藉由這些分析，可以得知計畫成本與實際成本間的差異，評估每一專案績效的狀況，並可進一步知道對於時程基準上的差異原因，才能提出相對的因應策略，採取預防或事後修正的做法。

在專案進行中，可以進一步採取趨勢分析（Trend Analysis）來推測隨時間變化下，目前的績效將持續改善或是變差。與前述概念類似，趨勢分析中再進一步加入完工成本預估值（EAC）、完工尚須估算（ETC）、成本績效指標（CPI）、時程績效指標（SPI）等分析，以預測整體專案應該再投入多少資源，以及評估完成狀況。但通常在本地化翻譯中因專案性質關係，較少用到此類型的分析。

2.5.3 專案執行、監視與管制階段

監視與管制嚴格來說並非是一個完整封閉式的階段，實際是散諸於各項管理之中，其與規劃、執行過程是具有交互的狀況。本書在體例上為避免切割瑣碎及便於理解的原因，將專案資源管理、專案風險管理、專案時程管理與專案品質管理，放入此階段來進行統一介紹。

2.5.3.1 專案時程管理

時程管理的安排是在專案執行與監管的基本功，藉由控管各樣工作的過程，能有效確保專案的執行，並易於發現整體計畫若是有所偏離時，能迅速有效地採取調整措施或修正。

依據專案資源行事曆及時程估算所設計的排程控管，重點在於週期點上的進度詢問或 LQI，以及是否在重大時點上預留足夠的彈性時間。在排定週期點抽查，會依照過去該團隊或該譯者的每日可負荷量來進行排定，短至分批交檔，先進行 LQI；或指定某日前上傳多少部分檔案。

在時程管理的方法上，實獲值分析除用在成本分析中，時程變異與時程績效指標也是可以用作分析的基礎，其他的時程管制方式還有要徑法、資源優化法、績效審查法等方式，而比較不適用於本地化翻譯的則是迭代燃盡法、假設情境分析法。

常見的方式是採用 TMS 或相關管理系統上的排程進行管理，部分系統擁有里程碑圖，可讓專案管理師一目瞭然得知每一專案目前的進展狀況與具體排程位置。在迫近或抵達時點時，系統也會推送提醒。此外，我們亦可以另外 PMIS 來追蹤比對計畫日期與實際日期的出入，進一步帶入其他資料來使模型分析並預測對整體的影響。

在專案的實務經驗上，專案管理師雖能按照系統來預測時間，但經驗上仍應預留至少半天以上的彈性，譯者或團隊在後期交檔時，遲交狀況據統計上來說可謂相當頻繁，特別在整合數項語言翻譯時，很容易因為語言特性、難度、該國工作習慣等，造成此現象頻出，進而與預期時程大幅偏離。此外，如在處理多語言翻譯時，做為專案管理師務必先行與譯者或團隊確認各國的節慶假日的時間，以事先做出因應安排。

2.5.3.2 專案品質管理

專案品質管理目前在管理實務內，已漸漸開始往建立客戶滿意度為建立品質管理的核心趨勢，其側重應該是合規性與適用性，來滿足客戶真正的需求與符合本地化翻譯的專業品質，並非單純地逆來順受。為達成客戶的需求而超時工作，不僅不利於長期發展，更有可能因為疲勞而錯謬百出，這是相當不健康的發展；另一個核心趨勢是合作廠商建立良好的互惠互利關係，將整個組織間的凝聚力與調配資源能力進行提升。

2.5.3.2.1 品質控管

品質控管主要是依循標準的本地化翻譯流程進行，並密切於期中保持進度以免因專案擁塞大量趕件導致的品質失控；其次，積極層面是專案中的譯者或團隊能依據翻譯標準指南以及客戶所發給的風格規範，針對品質進行確保。此外，針對品質控管，專案管理師應依靠各樣工具去排檢或抽檢專案內部檔案的品質，以確保品質狀況。

針對多語種翻譯的專案，特別是非專案管理師所熟悉的語種時，控管部分則應該妥為升高審查密度或增加母語人士審稿人員針對全譯文的通順度概覽，並藉由各樣輔助工具加強檢查內部檔案的品質。於預算有限下，至少也要安排該語種的母語人士審稿人員進行抽查。

此外，另一重要的是疑難排除。專案過程中，通常會面臨許多提問，提問的類型五花八門，許多有賴客戶提供進一步資料方能解決。優秀的專案管理師會仔細閱讀提問內容，並且及時迅速地請求客戶答覆，並再回覆給正在翻譯的譯者或團隊。甚至會在某些可能產生疑義的問題，統一發佈給所有進行中的譯者或團隊周知，例如某一缺乏上下文的系統提示字詞，在某一語種提問且客戶回覆該圖片或說明後，專案管理師除應回應原始提問者外，更應將該說明結果通知該專案中的其他語系譯者或團隊，以避免錯誤發生。

最後，品質控管最為重要且實務上經常忽略的是翻譯與審稿人員有按照客戶的風格規範進行。例如 IT 類中，常會指定 TAG 的更動方式、每行翻譯後字數不得超過一定的字元數等等硬性規定；旅遊業的地名翻譯，常會指定要跟隨哪些網站為標準並且同時設有先後順序等，雖然在責任分派上是屬於譯者或審稿者責任，但由於風格規範內容龐大或過於複雜，疏漏情形非常常見。實務上的解決方案是，專案管理師在發案前會特別將重點劃記並提醒譯者，或在專案啟動後開線上的說明會議給予一定程度教學，以減少未能遵行風格規範的狀況。

2.5.3.2.2 語言品質檢測（Language Quality Inspection, LQI）

語言品質檢測是一種經常使用的品質控制方式。檢查者透過對譯文產生的各個環節階段進行數次的抽樣檢查，根據抽查結果來判斷品質好壞，並採取一系列的改進措施。這通常不同於審稿的工作，審稿的目的是透過校對與修改翻譯來提升品質或通順度，但 LQI 主要是針對挑出稿件哪些地方容易犯錯、譯者與審稿者要遵守什麼規範、哪些譯法應該統一等問題進行指導性工作，通常不會再去負責修改譯文。

從分佈上來看，LQI 在早期、中期、後期均能夠進行，但為達到良好的品質控管效果，一般狀況下，僅針對人數眾多、中途換手、作業期程極長或高達 30 日以上的專案，才會進行中、後期檢測，多數情形都是在專案最早期譯者第一批回檔譯文即開始進行 LQI 的標準作業。

LQI 應該遵循以下原則：

> 通常採取分層抽樣，而非隨機亂數抽樣。

> 抽樣前應該先把小字數檔案如數百字以下檔案、新字字數過低的檔案剔除不予抽樣。

> 針對早期專案，抽樣應更嚴格，抽樣範圍應更大。

> 抽樣人員應先閱讀詞彙表、風格規範、格式説明與其他和該專案相關的參考資料。

如同審稿者最後會有一份 QA 評分報告，LQI 也同樣會將報告成果送還給專案管理師或語言管理師（Language Manager），該報告將依據所發生的錯誤分類具體來評估該專案是否應該以目前狀態繼續執行下去，或是需要有補救或介入處理的狀況。

針對平均以上的抽查結果，通常只會有關於小細節如格式和詞彙遵照等備註，供譯者翻譯與審稿者審查時進行注意。但針對低於合格標準或勉強及格的抽查結果，會進行兩方面的處理，勉強及格時，會縮短分批交檔的間隔時間，也會要求審稿者加強密度審稿；低於合格標準時，則區分狀況，先與譯者進行約談後，提出改進方針，再進行前述加強密度審稿，如情況嚴重而需要更換譯者時，將會把此案再進行記錄並送交評議，做為未來挑選人選時的改善。

2.5.3.3 專案資源管理

資源管理應該包含實體資源與人力資源兩個面向。實體資源指的是傳統製造業上包含設備與物料上的資源；人力資源泛指團隊資源或人員等，更廣泛包含兼職人員在內，而人力資源有可能會跟利害關係人有一部分的重疊。

對於本地化翻譯業界而言，最重要的莫過於人力資源的管理。在任一專案從規劃、執行到結束，專案管理師身兼著領導與管理的雙重角色，也在一定程度上擔任專案的召集與組織，因此如何安排適當人選、激勵團隊、適當分派工作、扮演傾聽角色，甚至讓各方都能滿意，是成為一位優秀專案管理師的特徵。因此專案管理師應該有如下具體的考量：

- 專案時程與範疇基準。
- 現有資源的職能表現與可用性，評估資源是否會造成其他團隊的排擠問題。
- 是否已經遵守公司內部政策與適切的法律規範。
- 各別職能角色的責任與分派是否適切。
- 團隊價值觀、溝通指導原則與衝突化解的方式。

在考量上述後，專案管理師便會依照專案屬性，進行估算，並將其安排登載在資源行事曆之中。資源行事曆標示除了一般的工作、休假、每日可處理字數、已處理字數、里程碑等相關資訊，也能夠進行分級管理和地理位置管理等，協助在全時段營運底下由不同專案管理師、專案助理（Project Cooridnator）攜手處理同一專案。如果具有相關 PMIS 的公司，則可以更進一步知道資源分解結構、資源可用性、費率，更可以全面性地進行組織與規劃。

2.5.3.3.1 團隊管理

除傳統的集中辦公管理外，越來越多的本地化翻譯公司開始朝向以全時段營運、虛擬團隊營運、高度科技溝通、去中心化組織框架等模式來進行團隊的管理。無論是共享協作的軟體、透過視訊語音會議降低開會成本、藉由通訊軟體加強彼此溝通，並仰賴各種電子化系統運作，已是這個業界的生存常態了。

對於內部團隊管理而言，衝突管理是當中最重要的管理之一，專案管理師能否對於衝突處理得當，根本性地影響專案是否能夠成功。解決衝突最重要的關鍵仍在於專案管理師是否與團隊成員有著足夠好的人際關係基礎，如果專案管理師沒有良好關係基礎又不得不對於專案上的意見進行指揮時，經常性會使得問題不僅得不到解決，更有可能會使衝突雙方陷入罷工、擺爛，甚至是越級爭執的狀態。這主要在於專案管理師在本地化翻譯專案中，雖具有對事的指揮權，但對人的指揮權相對不足，處理衝突的時間壓力也相對較高。此時專案管理師應該要遵循的方針是：

- 依照衝突的輕重狀況，暫時迴避議題，由更高層級或其他人員協調解決。
- 判斷是因為資訊不對等的情形，應召開會議，讓當事人針對問題進行交流，尋求和解之道。
- 使用積極正向的言語進行溝通，避免消極負面的言語對任何一方進行指責。
- 使用合作的開放式態度引導不同觀點以解決核心問題，避免使用權威性教條而迫使對方接受。
- 長期性應該訂定爭執點的處理原則，並依循該原則進行處置。

而對於公司高層，如因專案管理師傳遞資訊錯誤所導致的衝突，應該由公司承擔並負起改善責任，不應由其他團隊或直接由專案管理師承擔其最重責任。整體團隊的管理除應該要重視領導力與影響力的展現外，發生問題時的責任承擔，更是整體團隊是否能繼續維持信賴密度的最重要關鍵。

2.5.3.3.2 外部團隊培養

團隊不僅是內部的管理，目前也越來越重視外部團隊的培養，培養的目標大致上分成幾項：

- 技術方面，例如在派案流程進步、系統增進、電腦輔助翻譯工具的進步等。
- 職能方面，例如增進分工合作、橫向橋接等。
- 降低人員流動、培養校園團隊、整合同質性高的團隊。
- 提高團隊凝聚力或加強利害關係人參與。

提升企業經營環境，提供平臺或管道來使外部團隊進步，已是目前共同創造理念的核心精神之一，本地化翻譯全球排名前列的公司，也紛紛投入此培養行列。而對於中小型公司而言，可以針對一些更小型的團隊，給予一定程度的資源共享，邀請參與內部訓練等方式，加強外部團隊與己方的凝聚力，從而創造更堅實與密切的關係。

2.5.3.4 專案風險管理

傳統的管理概念認為，控管風險的第一步應來自於風險的判斷與識別，能確認風險發生機率與風險發生時的嚴重程度來去加以判斷。

在貨幣國際匯兑、風險發生事件等很常見的定量分析方法，例如使用期望貨幣價值（Expected Monetary Value, EMV）[13]，藉由經營事項或風險發生的機率（P）及其在發生後對貨幣價值的損益相乘，而得到每項的期望值，正值表示機會，負值代表風險，這在決策樹分析中經常用到。其他常見的資料分析如肇因分析、假設與限制分析、文件分析與 SWOT 分析[14]，也都是來判斷與辨識風險的機制。

有了風險識別以後，可編制風險管理計畫書，並且依照風險資料來評估風險機率與衝擊狀況。但在實務經驗中，常見的如外部性風險、資金流動風險、策略風險等較不常在個別專案的執行中單獨發生，那偏向是整體公司經營的應對，而非專案中的風險。專案中的風險主要會發生來自於品質控管風險、資源分配風險與專案變更風險。

2.5.3.4.1 品質控管風險

品質控管風險的發生，許多根源於確認偏誤的出現。如大量倚賴過去經驗來預測或推論未來案件的狀況、特別喜愛某些固定團隊、擁有自己的偏好作業流程而非依循標準流程等，將有可能忽略每一專案的各別獨立性，以及客戶風格規範與過去管理經驗扞格時的調和問題，從而導致在選取團隊或進行品管時產生風險。雖説善用過去資料進而推論並不一定是錯誤，但專案管理者務必理解這是一種思維上的雙面刃，請勿讓自我對於過往經驗的倚賴優於對本地化翻譯的基本性認識，較佳的品質控管應該是建立在長期性的統計數據上，而非個人經驗上，並應隨著專案不同而進行調整。

2.5.3.4.2 資源分配風險

業界有一句俗話：「好的譯者永遠都在缺。」這意味著較佳的譯者或團隊常受到青睞，經常性有做不完的工作，從而引發所謂的人力資源爭奪。有著妥善規範的公司通常會依照專案資源行事曆來進行資源優先使用度的排序，來協調各團隊之間的資源衝突問題，但縱然解決譯者問題，仍然有後續的審稿與品質控管（Quality Control, QC）時程問題，也都會產生因資源互相排擠搶占的風險。

解決資源分配風險，具體的做法在於機動人員的調度。雖然每週針對專案資源行事曆人資經理已經針對該週整體量能進行一定程度的分配，但實際上臨時插隊的案子或一口氣暴增的案量，可說是業界的常態，從而打亂整體配置。一般的本地化翻譯公司，會預先設定備位的團隊，臨時再將專案分派出去但品質控管上就很難以確保；因此，亦有公司採取的是內部機動輪值，設立類似值班待命的制度，這在航空業、醫療業也有類似的管理制度。具體而言，該值班待命的人員該週的經常性案量通常會極低，以便應對突如其來的專案或案量。

當然，有豐沛的人力資源是每位專案管理師、人資經理，是每一間公司的理想，但人才不會憑空降臨，想要靠著挖角提升即戰力總是有所限度的，長期敵對性的人才搶奪對業界亦是傷害，因此，著力在基礎人才的培育與培訓，才是長期解決該風險存在的核心與捷徑。

2.5.3.4.3 專案變更風險

在多語言翻譯專案，常態性以英文為譯出語為主的專案占業界大宗，然而目前以正在飛速成長的各地區並非以英文做為其母語，因此常見到以某一語文先譯為英文後，才開始進行多語化。經常性地在專案進行過程中，客戶或經由譯者提問後發現，原始的英文來源檔案有品質上的問題，進而影響到其他語言的翻譯，而致使中斷、或成本暴增、或範疇急劇變化。

避免此類變更風險，最佳還是要先回到起始階段關於定約的風險告知與合約記載。但如果不幸發生時，專案管理師應即時向正在進行的翻譯予以暫停並妥善預告處理期間，其次儘快協助客戶提出更正版本或調整追加預算，最終在調整完畢後重新再繼續開始翻譯。

請特別注意，發生變更風險時，極為忌諱溫吞處置，這將導致成本無謂的增加或翻譯團隊的不信任感。特別是在客戶首次面臨該狀況時是相當手足無措的，此時，應充分發揮專業能力，以協助客戶進行必要的處理，而將風險傷害降到最低。

2.5.4 結束完成階段

結束完成階段是針對專案最終完成、剩餘檔案提交、報告交接與存檔、申請尾款與專案行政程序終結歸檔等流程。

檔案通常是隨階段在不同時點分批提交，此時提交的主要是整理報告或核對清單，透過這些報告能迅速確認各項工作的完成情況，但目前多半以在系統上完成，至多是匯出另外一份表提供客戶參考。

較為重要的是客戶所收到的翻譯檔案，經常性會給予一些意見，但意見給予的時間很多是來自於執行階段已經結束到收尾完成時，才提供的。此時，有必要的話，要將客戶所提供的翻譯意見放到或修正之前已提交的翻譯內容中。若客戶只是單純的意見回饋，專案管理師亦應熟讀內容，並提供給翻譯者參考，針對特別個案也應把原始檔案、審稿後檔案、完成的提交檔一併比較，來瞭解問題發生的原因。有不算少見的情況是，譯者按照客戶的風格規範翻譯，但審稿者卻漏未詳查而將原始翻譯改掉，待檔案提交後，才由客戶發現錯誤，專案管理師此時即應記錄該錯誤，並妥善告知譯者及審稿者該情事，避免未來的重複犯錯。此外，更新的檔案中，對未來頗具價值的是詞彙表、術語庫（Termbase）與 TM ，於合約允許下應妥善備份，並將之移交客戶，做為未來之用。

另外，也可以建置經驗學習知識庫（Lessons Learned Repository），將專案中得到的經驗與知識移轉到經驗學習知識庫中，供未來使用[15]。

註　釋

1. 崔啟亮、羅慧芳，《翻譯項目管理》（北京：外文出版社，2016 年），頁 15。
2. 有稱此性質為逐漸明朗性，簡體中文市場稱之為漸進明細性。請參考：崔啟亮、羅慧芳，《翻譯項目管理》，頁 15。
3. 國家教育研究院，《世界各國翻譯發展與口筆譯人才培育策略》（臺北：元照出版，2016 年），頁 87。
4. PMI 國際專案管理學會著，PMI 台灣分會譯，《專案管理知識體系指南 繁體中文第六版》（臺北：PMI 台灣分會，2018 年），頁 25。
5. PMI 國際專案管理學會著，PMI 台灣分會譯，《專案管理知識體系指南 繁體中文第六版》，頁 503-515。
6. Source Language 譯出語，與之相對的翻譯標的譯為譯入語（Target Language）。有學者將其譯為源語言，翻譯標的譯為目標語言。
7. 多數本地化翻譯公司中，採取的是一種稱為 MCAT（Module/Component/Activity/Task）的工作分解結構。請參看王華偉、王華樹著，《翻譯項目管理》（北京：中國對外翻譯出版有限公司，2012 年），頁 22。
8. 如若使用 MCAT 模式的編制方式時，可參考王華偉、王華樹著，《翻譯項目管理》，頁 181-185。
9. Lynne Bowker, Jairo Buitrago Ciro, *Machine Translation and Global Research: Towards Improved Machine Translation Literacy in the Scholarly Community* (Bingley:Emerald Publishing, 2019), p.46-p.50.
10. PMI 國際專案管理學會著，PMI 台灣分會譯，《專案管理知識體系指南 繁體中文第六版》，頁 201。
11. PMI 國際專案管理學會著，PMI 台灣分會譯，《專案管理知識體系指南 繁體中文第六版》，頁 245。
12. PMI 國際專案管理學會著，PMI 台灣分會譯，《專案管理知識體系指南 繁體中文第六版》，頁 261-268。
13. Ken Black, *Business Statistics: For Contemporary Decision Making* (New Jersey: John Wiley & Sons Inc, 10th edition, 2019), p.721-722.
14. PMI 國際專案管理學會著，台灣分會譯，《專案管理知識體系指南 PMBOK GUIDE》，頁 415。
15. PMI 國際專案管理學會著，台灣分會譯，《專案管理知識體系指南 PMBOK GUIDE》，頁 128。

03

本地化專案下團隊角色與管理

3.1 語言服務供需架構與生態

3.1.1 語言服務中的架構

在全球化的企業擴展之下，諸多企業欲藉著本地化翻譯來深入各地市場拓展商務，據常識顧問公司（Common Sense Advisory）的統計指出約有 87% 的公司選擇將大多數的翻譯與本地化專案外包出去[1]。

常態而論，一件多語案件，通常由數間跨國的本地化服務公司競標，競標者取得該專案後，一部分在公司內部處理，更大一部分交由各母語使用者的供應商或合作團隊處理。更進一步而言，多數的內容將牽涉技術與行政問題，因此仍應配合客戶或己方的技術支援團隊、語言主管（Language Lead, LL）、採購團隊和財務團隊等來共同處理專案。

與此對應，本地化服務公司也有市場人員、管理人員、技術人員與生產人員等角色。市場人員通常指的是業務發展人員、客戶經理、採購資源等，分別負責市場端、客戶端與各項人力資源發掘等工作。

管理人員包含專案總監、營運主管、人資經理，各自負責專管各線運作、一般行政運作、協調內部進行資源分派，而規模較大的公司則又會有專門針對 QA 品質確保的語言管理師，負責 QA 以及專案出問題時，調查品質、錯誤以及根本原因分析報告（Root Cause Analysis）主要的撰寫者。

技術人員包含本地化工程師、排版（Desktop Publishing, DTP）工程師與測試工程師，各自負責文件或軟體方面、排版與掃描方面、軟體或硬體測試方面。通常而言，本地化服務公司與傳統翻譯公司較大的差別即在於有無技術部門，特別是本地化工程師的有無，除因格式轉換、多媒體文件後製和 API 等諸多問題越來越複雜的情況外，整體時代趨勢也是造成諸多公司開始往此方向進行轉型的原因。

生產人員則是包含產品技術手冊作者和產品製作團隊。若是本地化翻譯文原稿有任何關於原文上的疑問，將會請生產人員協助回覆。

3.1.2 雲端虛擬團隊

3.1.2.1 雲端虛擬團隊的建立與運行

PMBOK 給予虛擬團隊的說明是：「虛擬團隊可被定義為具有共同目標的一群人，他們履行自己角色時，很少或不花時間面對面會議。溝通科技的運用（如：電子郵件、語音會議、社群媒體、線上會議，以及視訊會議），使虛擬團隊得以實現」。[2] 隨著 2020 年以來的市場環境改變，越來越多數的公司投入雲端虛擬團隊的設立，甚至矽谷大公司也開始投入所謂『半永久性遠距辦公』的計畫當中，而雲端虛擬團隊在本地化翻譯的領域十分常見，藉由 TMS 自動化流程與全雲端資料處理等方式來進行全球性的分工處理。

虛擬團隊環境當中，最需要注意的是資訊安全與溝通協調問題。

在資安方面，有些會議軟體存在資訊安全疑慮，例如某些環節開放，讓有心人士可進行 DDoS 攻擊；或是因留有的 Localhost ，仍可在不知情下被重新安裝等狀況，諸如此類的零時差漏洞，都應該成為虛擬團隊在軟體使用上應該注意之處，並應尋求妥善的資訊安全保全方法。

溝通協調方面，以開會方式為例，傳統公司習慣的會議有投影片、紙本文件或多人同時發言的會議形態將大幅轉變，成為線上會議的輪流發言模式，文件也很有賴於事前閱讀，同時，技術操作與障礙排除也將成為重點之一，這對於傳統上善於捕捉會議氛圍或他人表情的成員，將較容易感到人與人相處間的「溫度」有些失溫，是有賴克服之處，可以考慮利用循環式登入確認方式來確保參與。進一步來說，如果是跨時區的團隊，建議要以更少人數的會議，加強頻繁交流，以達到溝通協調的效果。

如果是跨國團隊溝通，更需要注意到各國文化背景下的語境差異。雖然多數公司仍以英文為主要溝通語言，但由於地域及文化差異，其語境也相差巨大，例如華語、阿拉伯語、日語等高語境文化中，人們偏向含蓄地表達自己的觀點，照顧他人的感受；相對地，在德語、美語等低語境文化中則習慣資訊傳達明確，較為直接地表達看法。對於在亞洲的團隊而言，Natalia Levitina 則提出了與低語境文化的人進行交流的具體建議[3]：

> 簡明扼要，限制你所要呈現的背景資料數量。

> 不要採用暗示性的結論，要明確陳述結論，以避免產生誤解或曲解。

> 使用你擁有的全部資料去佐證你的想法。

> 不要將對方的批評視為個人攻擊。

> 規則很重要。比起你的文化來自此文化的人更嚴格遵守規則。

> 如果你要問額外的問題，不要感到沮喪，來自低語境文化的人不想屈尊來為對方提供太多資訊。

> 注意不要太過於字斟句酌而鑽牛角尖。不要假設一個人今天所說的話和他上星期所說的話有直接關聯。若有疑問，做出澄清。

> 在此文化中，個人人際關係的重要性低於在你自己的文化中的重要性，並且他們和商業關係是不相關的。

3.1.2.2 雲端虛擬團隊在開放式網際網路下應注意事項

首先的常見問題是違反 NDA 協定。幾乎多數專案都會與客戶簽訂有關於 NDA 的協定，通常協定內容均包含「不得向業務無關外的第三人透露業務上的所有內容」。但長期觀察中，我們卻常會在 BBS、臉書粉專，或各大討論版中看見部分譯者將業務內容放上公開版面進行討論、或公開評論其他翻譯公司業務內容、或直接將客戶招募資訊轉貼到公開版面等，這些都可能已涉及違反 NDA 的部分條例或侵害所評論之公司的營業利益。

其次的常見問題是未使用合法軟體版權。部分譯者可能以一時方便而使用非合法授權軟體、或聽信誤認為免費而誤用、或授權過期、或授權超過上限等問題，致使違反相關的智慧財產法規，最終慘遭重罰。

另外的常見問題是將 A 客戶提供的工具序號，提供給其他客戶的專案使用，這在 MemoQ 的專案尤為常見，這樣缺乏授權合法性認知的行為，不僅出現在小型公司，在跨國型的本地化公司亦有案例。

解決以上的問題，最重要的是要落實聘僱人才時的職前訓練，將合約、軟體使用說明與保密協定等內容，具體且細密的講解給譯者知悉，並帶入實際案例提醒避免誤入違法或侵權，並於未來合作期間，應該定期與譯者訪談，訪談過程中應再次將軟體使用說明與保密協定等與譯者再行確認，確保其對於上述問題的法律意識。並應提供正規的反映管道給譯者進行提問，妥善回覆，避免將客戶或個案置於公開社群網路當中，產生侵害個資或客戶權益的疑慮。

對內部分，應該落實內控機制。雖然多數本地化公司並不會特意編列內控人員，但仍可委由資源團隊、工程師團隊、QA 團隊等三部分組成特別的內控小組，負責檢查團隊內部同仁的工作用電腦是否符合軟體使用規範、協助安裝防毒軟體，並定期確保防火牆與資料安全；對於專案管理師，應妥善控制其軟體使用權限，並加強關注是否有逾越授權、版本更新，或授權損壞等問題。

最後，特別提醒的是本地化公司應避免幫譯者安裝破解軟體或逾越授權範圍軟體，一時的方便或疏忽，將可能由於譯者多家兼職的不可控性使得問題大幅度失控，進而使公司蒙受損害。再次提醒，請特別留心注意公司所購買的軟體之使用規範。

3.2 專案的團隊角色與配置

在通常性質的專案人員配比中，多數專案會傾向固定且穩定的搭配，如 TEP 流程即 1-2 位譯者、1 位審稿人員、1 位 QC 人員、1 位 PM 來組合成團隊搭配，如有必要針對專業性審校，方加入 SME 的其他人員；而有 DTP 需求時，另加入排版或其他技術人員。若某專案品質出了問題，則由語言管理師協助分析問題並找出解決方法。

3.2.1 專案管理師（Project Manager, PM）

專案管理師主要負責專案的開啟與關閉、流程安排與排定其他團隊人員、品質追蹤與控制、與客戶的協調、專案的成本控制與管理。

能否及時清晰且明確的回應客戶需求，並在流程中能夠安排妥善人員進行專案是一位專案管理師工作是否成功的關鍵。若是深具經驗的專案管理師，能快速區別案件種類與狀況，依照標準作業迅速判斷分流，安排妥適的人員進行翻譯與審稿，並易於看出檔案的問題與漏洞，也能將專案期間發生的問題即時向客戶反映。

專案管理師是每一個專案內的統籌者。因此，對於各項翻譯工具、專案、部分財務、人事等領域均要有一定程度的掌握，適合較能同時多工處理的人才來擔任此職務。更進一步，以 PMI 人才三角（The PMI Talent Triangle）所提及專案管理師三項關鍵技能是：專業專案管理（Technical project management）、領導（Leadership）、策略與商業管理（Strategic and Business Management）[4]。雖然專業專案管理是其核心，但觸類旁通、積極培養領導力與具備各樣商管能力，將有助於發揮更大的成效。

3.2.2 專案助理（Project Coordinator, PC）

專案助理是入門 L10N 的關鍵職位，主要工作在於協助專案管理師制定以及排定專案時程，並且協助執行翻譯專案。專案助理每日接觸到的工作不外乎接收客戶來的翻譯需求、使用 CAT 工具整理要發案的檔案包、尋找適合的譯者進行翻譯、審稿與 QC 人員、建立 PO ，以及掌握譯者與審稿的進度，整理與檢查交回的檔案而後交檔。專案助理的實際執行內容與專案管理師有眾多相似之處，但是兩者之間又有很多不同的地方。專案助理主要工作在於確保專案每個環節都正常執行，而專案管理師則是翻譯專案在執行前，確保整個團隊對於客戶的需求完整理解，針對整個專案進行流程計畫，預先防範可能發生的風險或狀況，並且確認提交的翻譯品質符合客戶期待。專案管理師需要對整個翻譯專案品質負責，而非專案助理。整體而言，專案管理師主要負責計畫並監督整個專案的流程是否有問題，需對客戶負責，而專案助理則是以執行為主。

3.2.3 翻譯人員（Translator）

翻譯人員，或經常稱為翻譯者 / 譯者，應依據專案指示或 PM 指示按照時程完成翻譯任務，多數的專案都會使用到翻譯工具，也需要會使用 QA 工具來進行翻譯與校對，並在專案結束或過程中能適時依據審稿者的 LQI 的報告，來逐步調整風格以達到專案整體品質的要求。

由於本地化翻譯與其他書籍翻譯不同，大多都需要使用翻譯輔助工具來確保詞彙的一致性，因此，長時間的使用電腦與開啟數個視窗來進行作業可以說是本地化翻譯人員的日常，與其他客戶接觸的機會其實不高，比較適合喜愛專注工作的人才來擔任此職務。

3.2.4 審稿人員（Reviewer）

審稿人員針對翻譯人員所做出的譯稿進行雙語審稿。審稿重點在於是否能從客戶角度出發且能按照規定的專案指示（Project Instruction）以及參考資料來進行審稿。資深的審稿人員通常有著銳利且雪亮的眼睛，能迅速看出一些翻譯細節上的失誤，並妥為更正；也對於各樣翻譯輔助工具相當熟悉，能妥善利用並及時修正問題。

審稿者與翻譯人員相比而言，通常審稿者每日審稿的處理量，約為翻譯的三倍，專案與文類複雜度也較高，需要有高度的語言駕馭能力及快速閱覽能力的人才，較適合擔任此職務。

3.2.5 品質控管管理師 / QC 人員（Quality Control）

雙語審稿人員完成後，會由 QC 人員使用多種或特定的 QA 檢查工具（例如 Xbench）針對已審稿完畢的譯文進行二次檢查，包含直接隨機抽查翻譯當中是否有任何錯字、格式和標點符號等基本錯誤。此外，QC 人員還得清楚瞭解該專案的專案指示、參考資料以及參考順序，確保 PM 在交件前沒有基本錯誤，而且按照客戶指示翻譯。QC 人員需具備關於 CAT 工具的進階知識（例如哪些 CAT 工具），且大約瞭解哪些部分較容易出問題（例如 UI 格式是否有參照風格規範，或譯者 / 審稿是否有按照原文的排版理解要翻譯的內容）。

3.2.6 語言管理師（Language Manager, LM）

語言管理師除了平時需要擔負翻譯校對以外，還需要瞭解使用該語言國家 /

地區市場習慣以及趨勢，協助該專案的客戶建立以及維護該語言的語言資產（包含風格規範、TM、Termbase）以及術語表。語言管理師還須定期 / 不定期抽查出翻譯團隊的翻譯問題，積極與團隊溝通，協助其解決問題，進而制定一套改善方案，避免相同的翻譯問題再次發生。該職位牽涉到的範圍除了處理語言問題之外，還需要願意與客戶以及翻譯團隊溝通的耐心，並且隨時注意市場語言使用習慣的變化，甚至需要執行競爭者分析、上市前測試。因此，若要勝任此職位，除了要具備資深的 L10N 經驗以外，還需要有很強的分析以及溝通能力。

3.2.7 排版人員（Desktop Publishing Artist）

排版人員主要是針對已翻譯完成但尚未提交的案件進行排版，除要善用各樣排版軟體外，能否細心的校對、耐心的作業與準時提交，將是核心關鍵。

排版人員與翻譯人員、審稿人員不同，除較為著重軟體的操作外，內容相較下，略顯枯燥，但市場上優秀的排版人員經常稀缺，因此如對於各項排版軟體操作頗為熟練者，將能夠成為公司內難以取代的人才。

必備知識除了 Adobe 系列的如 InDesign、SGML、PageMaker、Illustrator 外，印刷的 QuarkXPress 以及 CorelDraw 也要能夠熟悉。其他印刷相關、美術相關的知識也應具備，如出血、CMYK、版型、尺寸、字體等都要一定理解。

與一般美術或印刷行業不同，本地化翻譯相關的 DTP 幾乎都要處理各種不同語系的語言。理想的情況下，若 DTP 人員能具備該排版語言的語言慣用相關知識，如閃語系的語言從右至左與英文排序相反、泰文的斷行，以及哪一些字體有所忌諱，會加速 DTP 的處理效率以及準確性。但實際上，DTP 人員不一定懂該排版的語言，因此通常會於排版後，請翻譯 / 審稿團隊協助檢查最終的排版是否正確，也就是語言驗收的步驟（Language Sign-off, LSO）。

通常在技術支援上，本地化工程師團隊會協助處理關於技術的難題，但對於美術類或操作上相關的技術難題，他們不一定能夠解決的盡善盡美，還是有賴排版人員在本行領域業內的專業。其他方面由於也是在管理平臺系統內執行任務，如有問題應該依照規程回到其他步驟處理。

由於各團隊回檔時間不一，對於大型或超大型專案而言，DTP 流程往往是時間最被壓縮的，也是最不容出錯的，因此在每一個任務開始前，務必將基本資訊確認清楚並交給客戶再次確認，以免後續更改而造成嚴重性延宕。處理完畢的檔案，請記得同時回去更新 TM ，避免與最終文件不一致的情況發生。

註　釋

1. Keiran J. Dunne 等著，王華樹、于艷玲譯，《翻譯與本地化項目管理》（北京：知識產權出版社，2017 年），頁 23。
2. PMI 國際專案管理學會著，台灣分會譯，《專案管理知識體系指南 PMBOK GUIDE》，頁 333。
3. Natalia Levitina 著，王華樹、于艷玲譯，〈翻譯與本地化項目管理中的有效溝通〉，收錄在《翻譯與本地化項目管理》，頁 205-206。
4. PMI 國際專案管理學會著，台灣分會譯，《專案管理知識體系指南 PMBOK GUIDE》，頁 56-57。

04

專案管理師的應備知識與能力

4.1 個人溝通能力

個人溝通能力也至為關鍵。專案管理師在管理上會花掉大半的時間在與客戶、團隊、外包的供應商、譯者等的溝通上，好的溝通技巧能讓整體效益變得更好，處理時間加快，這有賴長期的經驗累積與閱歷。比較值得注意的是：面對面 / 語音溝通中所給的資訊一定要充分且確實，並且在面對面 / 語音溝通完畢後應再以文字訊息正式通知或將資訊整理給對方。請勿疏忽這細小環節，以免因此造成連鎖性的巨大損害。

主要使用的溝通技巧除了常見的主動傾聽外，尚包含衝突管理、文化語境、人脈建立等，以及相當重要的會議管理。

4.1.1 會議溝通

專案管理師在各樣處理流程中有各式各樣的會議要進行召開，幾乎每週或每日都有會議要開，在主導案子中擔當會議主持的角色，在公司內部會議中擔負舉足輕重的要角，因此必須要學會良好的會議管理，更應該學習如何儘量減少開會，避免不必要的會議產生。

王敏杰提出有以下狀況時，我們應當考慮到開會的必要性而不一定需要開會，進一步並談到應避免的開會狀況[1]：

> 為開會而開的會 — 同一時間、同一地點，每週如此。
> 當訊息可以用其他形式交流時開的會。
> 當關鍵人物不在場時開的會。
> 當與會者無時間準備時開的會。
> 當費用超出效益時開的會。
> 當不開會沒有損失時開的會。

而應當明確會議的目的性、計畫要周全、準備要充分，以及落實議程，並且議題集中，避免離題情形發生。在本地化翻譯的會議中，經常性會陷入討論單獨個案或單獨人員的情形，而忽略了極端值或離群值在整體表現內其實不見得具有重大意義，進而浪費多餘時間追溯個案成敗得失。

請注意，本地化翻譯的核心目標是透過當代的電腦輔助翻譯工具與各樣管理技術，建立一套作業標準且具有客觀評量性的系統。但由於專案管理師各自因處理案件的不同，在開會時的立場有可能陷於自己的案件很值得提出討論的認知陷阱之中，進而降低會議應該解決的效率。

其次，隨著公司規模越來越大，會開始開一些不見得有重要意義的會議，例如晨會報告各組進度與狀況，但實際上隨著系統的進步，多數具有里程碑、甘特圖或行事曆的系統，皆可以解決此問題，而無須一一報告。

我們更需要注意如彼得原理中描述的情形[2]，審慎評估讓適任者擔任合適職位，避免職位上升後的職能倒置外，在會議中更需避免讓不相干的人員進入會議當中，縱然是主管亦同。在工作職能與職務上無須知道的，即不應該知道，也不能知道，開會也不用列席。

最後，無論是否身為專案管理師，對於專案的商業機密保密與機密資料分層管理，一定要徹底執行，特別是要提上會議的發放資料，務必要確認過授權層級與客戶端關於第三方授權的機密性或再授權問題。在實務經驗中，會議主持者往往會疏忽某些資料是否能向第三者公開或忽略了再授權的問題，可能在不知情中違反了契約規定或損害客戶權益。這些動輒得咎，牽扯廣泛，特別是處理客戶未上市產品時更應該詳加注意。

4.1.2 傾聽與深入瞭解

我們其實經常性地忘記溝通要有效來自於雙邊溝通。正如 Douglas DeCarlo 所說：「如果你想要對方傾聽你，最好的方法就是建立起表現出你自己願意傾聽他人的優良環境。如何做到呢？確實地傾聽他人吧！多運用 WILFT 原則（What's in it for them Principle），在暢談所欲之前，先充分理解他人之所欲，並建立起傾聽之道。[3]」

除人資團隊與譯者的定期溝通、客戶關係團隊與客戶的溝通以外，建議專案管理師應該也要從專案處理的過程當中，去發現蛛絲馬跡，並深入譯者或客戶的深層狀況，進一步瞭解真實問題所在。

例如，為什麼某位譯者的譯稿總是遲交。不要繼續發案對於專案管理師相當簡單，但如果能撥點時間試著瞭解一下，或轉介人資進行訪談，不僅能及時發現問題避免未來可能的風險，同時也能真正在這個產業界上幫助到一名正在發展的譯者，從而提升彼此之間的信賴感。

幾乎多數的 LSP 公司都相當注重於合作夥伴，無論是以公司、團隊或是以個人的形式，都應該值得公司內部的人去留心注意，這種人與人之間的溫暖，不僅是語言服務的核心價值，讓我們的工作變得更有意義，更重要的是對專案管理師自我的修身養性與心靈發展有著實質幫助，避免我們在每天面對電腦時的冰冷感，也避免因為鮮少見面所產生的誤會。

4.2 彈性應變的能力與妥善管理時程

本地化服務的專案管理師與傳統的專案管理師不同，除了專案週期較短、變化劇烈外，專案線的數量也較多且複雜，也因此如何能夠彈性地妥善安排生產檔期與提交時間，是相當重要的經驗。也是進入此職務後，終生都需要不斷學習並隨時調整因應的能力。

但不可避免地仍會發生客戶臨時改檔、譯者遲交、客戶發來檔案品質不如預期難以依照既定時間完成、查詢資料過多難以負荷等種種問題導致狀況發生，譯者或外包供應商遲交的情形特別常見。有經驗的專案管理師通常會預留相當時間來防止這種情況發生，但最佳解依然是在翻譯期間的定期追蹤狀況會比較理想。

此外，令人困擾的是由於不同時區作業因素，從其他辦公室或客戶發來的檔案時間不少時候會超過自己的下班時間，此時應該善用不同時區或不同時間工作的專案助理，或給客戶明文告知處理的時間與流程，千萬不要毫無限制地工作，對長期的工作品質而言，實際上並不會有什麼好結果。

比較建議的方式可以採取 PDCA 的日報表工作法[4]。雖然 PDCA 是以業務銷售起家的作業方法，但 PDCA 的優點對於本地化翻譯行業也有值得借鏡之處。例如 PDCA 在對於時程、作業重要度可以進行妥善分類，並將整體流程可視化，避免雜亂無章地在單一時間處理過多事情，也避免漏掉應做任務。由於專案經理要處理的事情真的相當複雜，讓整體工作具備敏捷性是相當重要的，同時求取彈性並妥善管理時程，將是專案管理師是否勝任的關鍵。

4.3 電腦操作與 CAT 工具使用能力

專案管理師幾乎所有事務都離不開電腦，諸如專案資訊寄發、開設 PO、發派任務、翻譯疑難的提報與回覆、與技術團隊溝通、確認表單等均離不開信件溝通與檔案整理的技能。雖說公司都會有制式文件填入即可，但由於客戶資料文檔格式不一，有時還會面臨檔案過大需要拆檔的問題，因此能快速解析檔案並妥善填入需要告知的資訊，將是該職位工作勝任的不二法門。

專案管理師雖不用自行處理翻譯，但經常性地還是會面臨譯者軟體問題以及交檔前最終檢查（Final Check），因此熟知各樣 CAT 工具是必要的，一位專案管理師至少應該要熟悉自己業務上主要使用的工具，特別對於各工具內附的 QA 功能要特別熟悉。每一種 CAT 工具都有其特點，部分專案可能會有格式上衝突問題，有時為了建立 TM ，將單純的 Excel 檔案放到 CAT 工具上進行翻譯時，偶爾會有檔案格式跑掉的問題，特別是 Tag ，應該特別留心；部分 CAT 工具屬於線上即時且可多人操作，對於較大、較趕，又需要追求一致性時，可使用線上 CAT 工具來進行處理。

4.4 專案應用實務——以專案管理師常見的 Trados 問題為例

如同上述所說，當專案管理師需要在發案前期使用 CAT 工具準備翻譯檔案時，必須先熟悉 CAT 工具在轉檔以及分檔時可能遇到的問題，以便降低專案完成後無法統合以及任何意外狀況出現的風險。以常見的 CAT 工具 Trados 為例，通常客戶提供給專案管理師的 Trados TM 會是離線版 TM ，因此當多位譯者同時合作一個專案時，專案管理師最常遇到的問題如下：

> 如何拆分字數。

> 如何拆分檔案。

> 如何統整檔案。

針對這三個問題，首先要先釐清該專案是一個文件或是多個文件拆分給多位譯者做。若為一個文件拆分給多位譯者，則字數部分建議先分好檔案後，再以分派到的原文字數占總原文字數的比例乘以總加權字數來計算各自譯者的字數。本算法的優點在於方便快速，能於發案時盡快確認字數，缺點則在於若重複字數在文中分配不均，可能導致實際上譯者處理的新字狀況不均。因此，最好是在分檔案前先將重複字數的字串鎖住，避免因同一份文件中的重複字串拆分給多位譯者，導致重複字串被當作新字來處理，增加譯者實際處理的新字數量。另一種字數拆分的方式則是將譯者各自能翻到的原文範圍貼到新增的 Word 文件，然後以客戶提供的 TM 建立 Trados 專案後再執行字數分析。

若是多個文件拆分給多位譯者，則可依照 Trados 的字數分析表計算出每個文件的加權字數後，再依據譯者可承擔的字數量分派文件。此情況下，字數跟文件分派的部分較前述狀況簡單容易。指派好每位譯者要處理的文件名稱後，通常會以 Excel 表格或 Google 試算表清楚告知每位譯者要翻的檔案名稱，以便清楚瞭解各自的翻譯範圍。

無論是哪種算法，譯者需知每家公司都有各自傾向的算法，而且算法可能會依據不同的專案需求而有不同的算法。建議專案管理師要拆分檔案時，先跟譯者溝通好字數的算法，避免結算時的紛爭。

「統整檔案」一直以來都是專案管理師的一大挑戰。若是多個文件拆分給多位譯者，而每一位譯者都會分到完整的文件，那麼處理起來較輕鬆。若是一個文件拆分給多位譯者，則建議將審稿人員的 TM 整合成一個擁有最新翻譯的整合後 TM ，並使用預先翻譯的功能，（在 Batch Processing 底下按下 Pre-Translate Files）即可將該整合後 TM 的翻譯內容匯入到最初的翻譯檔案中。

這個方法的優點是可以快速將翻譯整合在一份文件上，但是缺點是會將最初翻譯檔案中的狀態全部變更成 100%。在使用此方法前，建議先跟客戶告知有這樣的情況。若客戶無法接受，則必須採用土法煉鋼的方式，將要修改的部分記錄在 QA Report 中，然後再由譯者 / 審稿統一將修改謄錄到翻譯好的文件，但將因此而曠日費時，建議專案管理師在專案開始之前，須跟客戶確認好是否能接受狀態變更。

4.5　熟悉本地化翻譯流程

由於各間公司培育專案管理師的路線，有的是從其他行業轉來、有的是從畢業後直接就業、有的是從譯者轉職等不一，但建議無論是從何開始，最好能夠親身在翻譯、審稿、人資等職務見習上一陣子，再根據公司內部組織規劃分派到各專案組上任職，這樣的好處是容易知道整體環節中哪些細節可能會出現問題，應該提防與避免；哪些應該是側重或調整的地方。如此在經營上，可避免專案管理師依照過往經驗習慣，誤判事態的輕重程度，也能夠使得在整體營運上趨於一致、技術內部交融，避免因臨時換人而無法上手的問題。至於各組或各專案線應該學習的內容，會比較建議等到有具體充分的瞭解後再來進行。

各間公司都想要員工的即戰力，但如果專案管理師沒有對整個行業流程有充分認知的情況，將會導致在未來處理上，不可避免地屢屢犯錯，變成是以實際案子來決定該名專案管理師的去留。是否有必要因一時之快，而捨長期之利，值得公司在培育人才時應該仔細思考的方向。

4.6　熟練的整理能力

通常專案管理師在發案過程中要幫譯者做好資料的準備工作，包含專案指示、TM 、Termbase 、風格規範、參考資料，以及舊有翻譯（Legacy Translation,

LT），這將對解決絕大多數的翻譯問題有所幫助。實務中，一些長期性或專業性高的專案，專案管理師也會召開會議，除協調各團隊運作外，更重要的是幫助眾人消化龐大的事前資料與風格規範，有助於接下來專案的運作。

此外，部分公司會要求專案管理師填寫結算表或會計表單，也是需要耗費不少心力去悉心整理每季度或每月的專案。

4.7 專案管理師的效度衡量

專案管理師效率的衡量相當多樣，有藉由專案總金額、專案總字數、專案件數等進行衡量，進一步界定專案管理師對公司總貢獻的多寡。但這樣的衡量會有部分盲點存在，例如不同語種間難易度的差異，以及不同語種的金額，多者會差到 5 倍之多，因此很難以上述其中之一來進行總體衡量。

因此，在評估專案管理師上，會使用成本花費的效率來去檢視會是比較準確的。特別是用成本回推每一位專案管理師的處理，較能清楚知道專案管理師處理的量能關係。由於預算在每件專案開始時，都已透過計算來清楚瞭解每單位可分配的利潤與資源，因此，通常每單位字數花費成本占比越高，代表處理的效率越不好，這可能會發生在例如管理成本、翻譯成本、重置成本上的管控失當，特別是翻譯品質不佳時另行轉發的風險所導致的成本增加。

另外，在業界傳統經驗中，如果每月的專案總金額無法高出專案管理師薪資成本的至少 7 倍以上[5]，通常會認為這在整體專案管理的效率是較為不佳，而個人、公司組織，或專案分配需要進行改善。

近年來，管理界興起關於 OKR、OTPR[6]、OGSM 等高敏捷團隊方法，內容主要是在取代傳統 KPI 指標。畢竟，一位專案管理師是否能夠處理得夠多專案，除了整體行政流程外，很多並非是其可控因素，故此，不少團隊逐漸捨棄了以業績為導向的 KPI 評估模式，改以 OGSM 的方式來評估整體的執行狀況[7]。OGSM 具有隨時可修改、可追蹤進度、富有彈性的優點，而且所設定的策略與檢核方式，是藉由管理者與專案管理師彼此溝通後所訂定，既可以減少內部衝突爭議，亦可以使每個人有較好的能力發揮。搭配譯者管理系統，將更有助益於在派案效益、專案表現與員工向心力上的提升。

註　釋

1. 王敏杰，《商務會議與活動管理實務》（上海：飛翔時代，2018 年），頁 10-11。
2. Dr. Laurence J. Peter, Raymond Hull, *The Peter Principle: Why Things Always Go Wrong* (New York: Harper Collins, 2014), p.1-7.
3. Douglas De Carlo, *eXtreme Project Management: Using Leadership, Principles, and Tools to Deliver Value in the Face of Volatility* (New Jersey: Jossey-Bass, 2004), p.122-123
4. 中司祉岐著，楊玉鳳譯，《業績飆倍的 PDCA 日報表工作法》（臺北：三采文化，2020 年 9 月），頁 24-28。
5. 以稅前淨利率 25% 為例，回推專案經理的管理成本，即不應高於每月營業額度的 15%，否則將嚴重壓縮淨利率的表現。
6. OKR 與 OTPR 詳細內容請參考游舒帆著，《OTPR 敏捷工作法》（臺北：時報文化，2020 年 8 月，二版），頁 29-31、頁 78-81。
7. OGSM 指的是 Objective（最終目的）、Goal（具體目標）、Strategy（策略）、Measure（檢核）的合稱，採用一頁式計畫表，幫助公司緊密連結長期願景、策略與具體目標，並有效地提供溝通平臺，讓團隊成員討論彼此的行動，相互支援，快速且有效率地調校，使公司產生有方向性的競爭力。請參酌張敏敏著，《OGSM 打造高敏捷團隊》（臺北：城邦出版社，2020 年 4 月），頁 39。

05

資源管理團隊管理

由於資源管理牽涉範圍過廣，本地化翻譯流程內用到關於資源的重點主要在招募譯者或團隊、人才培訓與內部提升課程，以下將內容集中於此，其他關於 TB、TM 與其他語言資產維護、資訊管理、設備管理、流程管理等，將視必要性散諸於其他篇章介紹。

5.1 譯者管理

5.1.1 譯者招募

招募譯者主要透過人才網站、內部推薦、大學應屆畢業的招募活動、社群媒體等來進行。通常的流程是預先預估未來半年至三年的需求情況。請記得招募的數量並非越多越好，越多的人將消耗越多的資源去進行訓練，其得到的結果也不比限量控制下的精度與品質來得好。多數公司習慣視履歷而定，但實際上無論要不要透過履歷，建議都採行測試稿做為考核依據。

5.1.2 測試稿設計

測試稿設計須考量資源的狀況，而非將測試稿設計得全面完善就行。部分公司採行雙階段制，即前階段為短篇翻譯的統一測試、後階段針對不同類別進行分流測試[1]，但主流上仍採取直接分流的單階段模式，意即依照譯者意願直接對其欲投入專業進行測試。

測試稿無論哪一分類都建議聘請專業的設計者進行設計。設計建議包含：該領域的基礎知識、中翻英與英翻中（請依譯出語或譯入語調整）[2]、該專業內可能易錯的陷阱等，題目分數配分上最好將占比設計清晰，每一題內的給分標準也盡量細膩，如可以設計包含 4 個子句的一題 8 分題目則一題 2 分，請勿設計如一整大段 30 分的題目。

每一份測試稿的測試字數通常在 500-800 字之間而不少於 500 字，如願意花費更多資源的公司，亦可進行更完整的評估與測試。

測試稿設計的重點最重要在於測試稿的通過率部分。所設計的測試稿應要符合公司設定的通過率，該通過率應隨著時間去最佳化調整到公司的營運預期。若公司訓練資源並不充足，可將通過率設定較高，以減省訓練到上線的時間；若公司訓練資源充足，則通過率應設定較低，將新人進行長期訓練後再上線。如果以直接可上線的即戰力為主，則建議可將通過篩選的比率設定在 35% 以內，最終再進行一些面試與調整篩出小於 30% 的人。

本書並不建議將通過率控制在 10% 以下。主要原因是判斷精度的要求會大幅上升，亦即造成審核難度增加或考題變長。如沒有相應的人員、考題與檢測方式，則將使得篩選出的譯者常具有某一偏向、或僅符合特定的特質，反而更難以符合多數客戶需求。部分翻譯公司通過率控制在 5% 以內，或許是符合真正的一線戰力，但也容易將極富潛力的譯者僅缺乏業內經驗者給篩除，故此，仍建議本地化翻譯公司在通過率的設定上不應過小。

測試稿的個別題目是否能反映出所應測出的實力內容，考題與真實狀況的連結度是否夠高，都需要個別檢討。考題的細緻化程度，基本方向已經決定這份測試稿是否能篩選出所要人選，以下僅以遊戲類測試稿舉例：

> 測試稿共 507 字，滿分 100 分，及格分數為 75 分。

> 70-74 分為重新訓練、69 分以下不予錄取。

> 配分包含 18 分共 4 題的本地化用語測試、27 分共 3 題的中翻英題目、55 分的英翻中題目。

> 本地化用語主要測驗在短句中是否能區別簡體中文與繁體中文的用語差異。

> 中翻英內容包含電視劇、仙俠類遊戲、古典詩詞。

> 英翻中題目涵蓋繁多，從對白、遊戲操作說明、系統提示、美術設定等。

最終結果以 2019 年為例[3]，平均分數落在 71.75 分，超過 4 成受試者通過參加訓練以上標準，之後受試者整體總人數中的 2 成 6 通過標準而上線，上線後 3 個月內再經汰除後，最終成為穩定譯者名單者約為總受試者的 2 成。

值得注意的是，透過與履歷比對，最終上線名單比例中有近 3/4 的譯者擁有 1 年以上的翻譯經驗，或從相關類別出身，顯示出完全無經驗者要踏入業界的確有一定程度的困難性。未來要如何培訓學生從實習譯者過渡並順利進入業界成為主力翻譯人才，將是整體業界要再共同努力的目標。

5.1.3 譯者上線說明

篩選出的新譯者，通常會由人資部門給予上線前的講解，主要內容如下：

5.1.3.1 介紹派案流程

- 原則上，專案管理師將透過 Email 或即時通訊軟體洽詢案件，提供客戶名稱、專案類型、字數、工具、交期、經客戶授權的部分原文給譯者，等待確認後，才會正式發送派案信。
- 派案信件標題及內容：標題應含有公司名稱、專案名稱、工作類型、語向等資訊；內容應有專案詳細資訊（語向、工作類型、PO 編號、專案名稱、交期時間、字數、總價或其他特殊計價方式）。需要前往公司系統中（信中有連結）下載附件，附件包含參考資料及翻譯檔案。上線會議結束後譯者會拿到公司系統與翻譯工具的使用說明，其中會包含預設帳密，可自行修改密碼。
- 譯者交件時除應回信給專案管理師，也要 CC 到總備份信箱（可直接點一下全回）。
- 有問題時請透過 Email 或即時通訊軟體聯絡 PM。人資經理再次提醒務必要 CC 公司信箱。

5.1.3.2 系統平臺功能（以 Translation Projex 為例）[4]

- 介紹專案所在位置（Home > Dashboard）。
- 介紹專案資訊顯示位置（點出 PM Email 所在位置，以便後續聯絡）。

> 介紹下載檔案的按鈕（提醒必須展開才能看到下載連結，以及如果無法成功下載需通知 PM）。

> 介紹上傳檔案的按鈕（提醒須以 PM 派案信中的交件方式為主，可能是用 Email 附件回傳或上傳平臺）。

> 介紹 [Mark as Complete] 按鈕，需在交件後按此按鈕，並來信通知 PM。

> 介紹 [PO’s Received] 分頁。點選 PDF 按鈕可檢視 PO，PO 會顯示派案信中未列出的單價資訊。下方有付款說明，如對付款週期及該週期內該包含的專案有不清楚的地方可參考。另有會計的 Email，如有付款相關問題可直接聯絡。

5.1.3.3 介紹專案注意事項

> 請譯者務必參考詞彙表和 Style Guide。強調一致性的重要性，以及參考資料有時會有優先順序。提醒 Style Guide 的標點符號章節務必要特別仔細閱讀。

> 翻譯前要先確認哪些內容不在處理範圍內（例如 100% 和 ICE，請譯者最好能與專案管理師再次確認，以免引發不必要爭議）。

> 交件時通常不必修改檔名且需要交回原檔案格式，但以專案管理師指示為準。如因有轉檔必要時，由專案管理師統一指揮處理。如為線上翻譯，關掉瀏覽器前須注意翻譯是否確實儲存，完成後須來信或以通訊軟體通知 PM。

> 收到派案信後，確認資訊是否與詢案時相同（尤其是字數、單價和交期）。若有出入，請務必向專案管理師確認。

> 公司上班時間內務必開啟翻譯檔，確認檔案可正常開啟或沒有任何技術問題，如下班後才開啟，專案管理師將無法即時協助，而影響交期。確認資訊無誤且檔案可正常開啟後，請回信通知專案管理師（再次提醒要按「全回」）。

> 如果詢案後的 1-3 小時都未收到派案信，請直接向專案管理師詢問案件是否已派發，以免出現系統擋信的問題，也就是信件被歸類到垃圾信件的情況發生。

> 介紹翻譯規則。

> 常見的問題，例如：中文跟英文 / 阿拉伯數字 / 半形符號之間要空格（提醒半形括號和內文之間不用空格）、全形標點符號之間不必空格、括號和斜線的規則需要特別確認 Style Guide ，因為客戶偏好可能會有差異。書名及文章標題等請特別確認 Style Guide 的處理方式、翻譯前務必先參考 Style Guide 的標點符號章節等。

> 介紹 UI 及 UI 使用的標點符號（通常為 [ ] 或「 」)。提醒務必確認 Style Guide、避免誤用引號 " "，以及能正確使用標點符號。在缺乏 Style Guide 時，可參考品質良好的 TM 或直接詢問 PM（若 TM 品質不良）。強調以上規則為業界普遍規範，詳細要求還是須以客戶為準。

5.1.3.4 講解介紹《軟體使用規範》與 NDA 中的要點事項

> 提醒商業軟體聯盟（Business Software Aliance, BSA）的相關規定。

> 詢問是否有翻譯工具，並口頭告知有提供翻譯工具供練習的部落格名稱（搜尋關鍵字：「本地化常用工具練習」)。告知譯者部分免費正版的軟體（MemoQ 及 Microsoft Leaf）公司可提供授權，其他付費軟體譯者須自行負責下載安裝，公司無法提供協助，並建議譯者購買正版軟體。

> 提醒譯者檔案交件後即可刪除，線上版亦應刪除 Cookies ，以免違反 NDA 條款。

> 提醒譯者除非已取得充分授權或已符合簽署的 NDA 條款，否則請勿在履歷中直接附上翻譯作品、在履歷中直接放上客戶名稱（可籠統列出為「韓國手機大廠」、「美國電腦大廠」等)，以及列出作品時列出產品名稱或其他足以辨識出產品或客戶之名稱。

> 提醒譯者若要出售電腦，請格式化並確保檔案完全清空。若要出借，則請將工作檔案備份在隨身碟自行保留，不要在電腦上留存檔案，以免資料外洩。

> 提醒譯者不要在公開平臺上貼出句子討論翻譯方法。若真有必要，也不可貼出足以辨識客戶及產品名稱的資訊。需再三強調許多客戶都會在公開平臺上，因此這些舉動都有很高的法律風險。

> 提醒譯者需安裝防毒軟體並設定高強度的防火牆，並且須定期掃描以策安全。

> 告知譯者每年會有幾次譯者訪談，訪談前會檢查電腦安全性（是否安裝防毒軟體、是否保留結案的翻譯檔等），強烈建議譯者在法規規範限度內應儘量配合。

5.1.3.5 其他事項

> 確認譯者兩年內工作情況，是否有與其他公司簽訂競業條款。

> 確認譯者前公司或他公司專案中是否簽屬 NDA ，而該資料應否妥為處置。

> 請譯者完成公司指定之線上譯者課程。

5.2 培訓

5.2.1 內部就職培訓

本地化翻譯的培訓基本採用一人帶一人的方式進行培訓，比較少以梯次性的開班授課再分發各單位實習的傳統模式。除公司與系統，及專業上的 CAT 工具使用與本地化知識入門外，各領域與對口客戶的要求實則差異極大。小至 CAT 工具使用不同，大至組織結構與流程上也有所差異，因此，在基礎培訓完成後，以老手帶領新手的方式將各專業領域深入學習，有其必要存在，但仍建議要符合管理上的標準流程。

極應避免的是將個人作業習慣，成為傳承教導的內容之一，亦應避免教導內容違反上位的本地化翻譯核心概念，例如減省本應為之的流程步驟。最後，在類似師徒帶領的教學基礎上最應避免的是對待譯者融入過多的主觀因素再加以傳承給新人。譯者任用、派案多寡，或表現考核，仍應依照人資部門基於數據統計的指示，不應放任專案管理師或其他內部人員恣意性的依照喜好進行派案或冷凍部分譯者。如不能妥善規避此類問題，將會成為公司未來營運與擴張時的巨大漏洞。

5.2.2 譯者培訓

譯者培訓與內部職員培訓不一樣，顯得更為多元。主要有定期講習、譯者交流會、重點課程線上影片學習等方式，由於營運成本關係，通常以線上影片為主。

在測試稿階段，約有 1/3 譯者能力不錯，但不夠全面。多半有 1-3 項的弱點項目，以遊戲翻譯為例，美術設定類的專有名詞與翻譯是多數譯者表現較差的項目之一，如美術專有名詞 Gamma 值指的究竟為何，即常使譯者們感到困惑。因此，將會視其在測試稿內的表現狀況，提供適合的線上學習課程以提高職能素養，並另有學習評量與專人建議，提供譯者針對盲點進行改善。如有進一步必要，由人資、QA、LL 等單位所組成的培訓小組，定期會針對有潛力或目前線上有再進一步加強訓練必要的譯者進行名單討論，視情況提供專業性指導。

目前在世界排行前幾名的主要本地化服務公司中，亦有不少公司在自己譯者系統上，直接提供開放式的線上學習課程來提供譯者進修，或介紹新工具與新方法的使用。

5.2.3 內部提升課程

內部提升課程主要是以新工具與新方法以講座方式進行辦理。每一年度如常識顧問公司、Microsoft、Google 和 RWS 等公司不僅會召開專門聚會講述 CAT 工具使用與介紹未來趨勢，更會利用這些聚會與同業有一定程度上的交流，而將這些所見所聞並反思後的所得，向內部人員介紹提供即顯得十分重要，降低資訊不對等所產生的風險。

其次，邀請學術界成果與內部交流也有其必要。學術界雖説與實務有所脱鉤，但所提供的解決方針也未必不能使理論成為實際，再進一步，學者所訓練出的學生也是本地化翻譯領域的未來新苗，沒有道理讓學術與實務成為斷裂且脱鉤的兩條線。更具體以臺灣為例，不少本地化公司內部人員的組成，與各大翻譯所的畢業生具有高度相關，是本地化公司在經營時所不容忽視的一塊。

5.3 線上訪談

5.3.1 訪談內容與訪談的必要性

譯者通常會依照接案量的多寡分成：核心譯者、主力譯者、兼職譯者等三種。核心譯者通常會簽訂特約或專約，擁有一定程度的數量保障，幾乎天天會收到派案；主力譯者為非簽訂特約，但負責某幾項專案的專門翻譯；兼職譯者為實際上非全職的譯者，僅能在晚上或週末接案。

針對不同的程度情況，人力資源部門會與譯者定期線上訪談，訪談的頻率與瞭解深度端視上述區分的情形而有所異同。約訪內容包含：

> 瞭解接案量是否有所調整。

> 瞭解譯者每日日常安排與是否有需要協助調整案件內容或時段。

> 瞭解譯者的近期或中期計畫，如出國、即將取得正職工作等。

> 瞭解專案管理師的派案流程有否需要改進之處。

> 告知公司近期走向與即將推出的方針。

> 進行合法軟體使用檢查與電腦安全性檢查。

> 進行作業流程、文件保密流程檢查，與機密銷毀流程檢查。

> 個人對公司的建議或其他。

其中合法軟體使用檢查、安全性檢查、文件的保密與機密銷毀流程，每年都需要執行至少一次，確保譯者按照標準流程在進行作業，也避免公司遭受因譯者不小心觸犯法令或違反保密合約而遭罰。

定期訪談的次數可以透過譯者主動要求、定期排程、專案管理師通報、新進譯者加強訪談等不同原因構成，但建議次數是所有譯者一年至少要一次約訪，而核心譯者最好是每一季都能夠訪談。

透過訪談的好處遠勝過問卷調查，從譯者的談話內容中，可以知曉公司在整體流程或個別專案管理師的發案流程是否有所瑕疵，或有進一步需要改進之處。在亞洲的譯者，往往因為擔心於案量降低的原因，對於專案管理師的處置雖認為不當，卻很少即時地向當事人的專案管理師反映問題，訪談易於營造輕鬆的環境讓譯者主動講出真實的癥結，除了可以改善公司流程與處理方式外，更可以協助譯者的工作心理更為正向，紓解壓力。

訪談紀錄原則上應設定管理權限，並不容許專案管理師或其他非相關部門調閱，保持相當程度隱私，但也要適當更新在譯者的紀錄表內，讓發案的專案管理師可以清楚知道對方是否方便接案，或案量的要求或限制。

資源團隊經常性是處於一個既外部又內部的狀態，對於譯者而言，人力資源經常是代表公司來負責人員的協調管理，但又一定程度上是保護譯者權益的團隊。對於任何一間 LSP 而言，人力資源都是相當重要的，因此，請認真並謹慎地看待每一次與譯者的訪談，雖然對於他們而言是數月一次，甚至是一年一次的機會，但我們都無法知曉「與君一席話」，到底會產生多麼深遠的影響，特別是對於這個長期需要盯著電腦螢幕，卻鮮少溝通的工作型態而言，這一席話有多麼重要。

5.3.2 訪談流程與重點提要

- 訪談前後應寄出問卷，訪談前問卷為迅速瞭解問題，訪談後問卷為效度與滿意度評估。
- 訪談重點
  - 瞭解接案量是否有所調整。
  - 瞭解譯者每日日常安排與是否有需要協助調整案件內容或時段。
  - 瞭解譯者的近期或中期計畫，如出國、即將取得正職工作等。
  - 瞭解專案管理師的派案流程有否需要改進之處。
  - 個人對公司的建議或其他。
- 訪談前及訪談中應處理事項
  - 告知公司近期走向與即將出檯方針。
  - 進行合法軟體使用檢查與電腦安全性檢查。
  - 進行作業流程、文件保密流程檢查，與機密銷毀流程檢查。
- 訪談紀錄表
  - 訪談紀錄表應包含：「訪談日期」、「訪談基礎內容」、「量化分數」。
  - 將訪談內容重點擷取出來後，在不侵犯個人隱私下，僅將必要資訊放在指定欄位，如譯者接案時間的調整等。

> 訪談問題範例

– 回溯譯者之前案件紀錄，詢問是否應該要再增加 / 降低案量，訪談中如狀況有沒有問題，內容或案件種類是否有偏好等？
– 有沒有想要嘗試看看其他類型的專案 > 請進行測試稿。
– 合作期間是否有遇到問題？是否有任何建議要給公司或專案管理師（派案 / 詢案 / 付款流程等）？
– 近期工作重心是在翻譯嗎（每天或每週平均有幾小時在做翻譯，請提供平均字數）？未來對翻譯工作的計畫？是否有打算長期做翻譯，或者想轉換跑道？如果不打算長期做翻譯，或者不打算以翻譯為重心，主因是什麼？
– 通訊方式是否能以公司指定的通訊軟體為主呢？方便打擾的時間是什麼時候呢？

> 軟體安全檢查示範

告知安全與軟體使用規範同意書，進行軟體檢查。一般 CAT 工具，請打開後觀看歷史紀錄列表，如仍保有已經結束後的專案，請譯者予以刪除；請檢查關於 License 的部分，檢查是否合法授權；請檢查是否有自動更新與送交分析資訊的部分，如有請關閉；請在搜尋中直接尋找曾經發給譯者的檔案名稱，如仍保有已經結束後的專案，請譯者予以刪除；請確保譯者仍有安全與軟體使用規範同意書、NDA 這兩份的資料，如果遺失，請補給譯者。

> 如有必要請與譯者約下一次會談時間。如譯者有提出問題時，請於一週內告知處理結果。有些問題雖然約訪會談時是給予官方立場的回應，如譯者不滿某位專案管理師的態度或工作習慣等，資源團隊仍應協助後續處理，並追蹤狀況。

> 訪談後寄出滿意度問卷，可與人資內部的評估問卷對照，瞭解訪談品質差異情形，以做為未來改進之處。

註　釋

1. 目前翻譯社招聘在兩種方式皆有進行下發現，單階段直接分流模式或雙階段模式對於最終通過率影響並不大，但雙階段容易增加流程複雜度，使得招募到上線時程期間提升不少。依據〈OURS Linguistic Services 招募人員統計一覽表 2016-2019〉之資料顯示，雙階段與單階段模式下，時程平均增加約 10 個工作天。
2. 由於測試稿規模的限制，在字數有限下，出錯的機率並不高，但實際發案時，高達數萬、數十萬字卻也不算少見，例如關於中文語意理解謬誤、流於口語化等問題便容易開始出現。因此，在測試稿的測量上，並不會只是單方面的進行英翻中的測試，中翻英的測試將能夠看出譯者對於中文詞彙與語意上的理解程度為何，進而篩掉不適宜的可能人選。
3. 依據〈OURS Linguistic Services 招募人員統計一覽表 2019〉之資料。
4. 詳細操作說明請參考本書關於 Translation Projex 的內容。

06

譯者與譯文管理

6.1 譯者之路

6.1.1 執業前階段培養

做好翻譯，應該要有扎實的外文能力，但有好的外文能力，不代表可做好翻譯。各種翻譯類型也都有一定程度上的差異，例如遊戲翻譯強調靈活與符合潮流用語、行銷翻譯強調創意、IT 類翻譯強調正確一致與資料遵循、法律類強調用詞精準與法律書寫習慣。通常很難有一個譯者，各樣精通還能做口譯，其實只要能把 1-2 個類型做好，就已經不用擔心收入問題了，反倒是博而不精時，在各種場合將只能被安排在 Backup 的位置，收入將因此而不穩定。此外，如果需要累積各行業圈內的知識，除藉由參與活動、閱讀書籍外，最好還是能透過社群媒體找到業內人士談談，將會對於該領域有較為深入的理解。

其次，以本地化翻譯為例，不同於書籍或文書類譯者，基本上都需要接受 CAT 工具的養成，也需要瞭解一些關於如 HTML 基本的語法知識，雖說學習時間不是很長，但同時熟諳 QA 工具並且能充分運用者，在業界內可說是少數。反倒是審稿人員、專案管理師、QC 人員對 QA 工具較為熟稔。但為了譯文的一致性，還是建議在執業前就先學好各種主流的 CAT 工具與 QA 工具，能自行 QA 完畢再將譯文遞送給審稿的譯者，不僅能加快專案作業的速度，長期而言，也多會成為各家公司爭相競搶發案的對象。

再者，多數譯者對於培養外文能力不遺餘力，但對於中文的母語卻輕忽關於文法句讀上的關注，例如子句應該如何加上逗號、主詞的省略與否，以及最常犯錯的：譯文的具有雙重解讀意思，這些都是應該要妥善避免的。所以，非常建議譯者能在執業前，重新利用各種管道，將中文的文法句讀更深入學習，將有助於執業時避免犯下不必要的錯誤。

另外，執業前最重要的還是自我評估，其中包含瞭解自身當日能處理的字數量以及擅長的領域為何。本地化翻譯的執業特色與所需的個人特質：需要長時間使用電腦工作、具有彈性自由地接案、很少有跟客戶直接對談面對的機會、需要高度的細心與耐性、組織也較為扁平並較少管束制約等，請自行來判斷自己是否適合該行業，完全是見仁見智，如若不喜歡業績壓力、不喜歡多人群聚的社交相處、規劃生育時想兼差貼補家用、想要邊在各國遊玩邊工作、想要跨國在哪都可以工作等，或許這些都將能符合這個行業的性質。

最後，培養執業能力之外，譯者還需要有良好的時間規劃以及準時交稿的好態度，否則上述訓練只會淪於「商業化的附屬品」[1]，無法真正對於譯者與公司有益。

6.1.2 執業訓練

以臺灣為例，並沒有如中國或歐美已經有專業的分級譯者考試，只有較為單一的英譯中、中譯英與口譯的考試，多數已執業譯者也極少有人參與該考試通過，反而是 TOIEC、TOFEL、IELTS、JLPT 和 TOPIK 等檢定較為多人以該考試成績來投遞履歷。但多數本地化翻譯公司仍會希望在履歷上看到該譯者的作品和翻譯經驗，並且通過自家公司所設計的測試稿後，才開始予以派案或進行訓練。

部分公司所給予的訓練較多是偏向 CAT 工具教學，通常會是 Trados、MemoQ、Xbench 為通用基礎，其次如 XTM、Memsource、Smartling、SmartCat、Wordfast 和 Passolo 等依專案性質都有可能會接觸到，但趨勢上則開始往線上發展，而非離線單機版。

由於相當多的譯者是從書籍翻譯或其他翻譯類型跨入本地化翻譯的行業內，雖說通過測試稿考試與履歷的實績審核不是太大問題，但譯者常碰到諸如：TM 不會查、對軟體不熟悉、不知道怎麼跑 QA 和一致性問題等，因而導致審稿給予的 QA Report 都不會太好看，或遭受客戶給予 Fail 判定的無情回報，從而接案一、兩次後即與本地化翻譯絕緣，回頭去做其他翻譯的老本行了。

為避免這樣的狀況反覆發生，不少公司已經有開始深入校園進行培訓工作，邀請本科大學生或翻譯所研究生進到公司內實習，以培養經驗。但對於人力吃緊的公司而言，能撥出足夠的資源去培養譯者實則有限，也因此譯者在執業時的訓練，除參加各種講習課程外，可能需要自我主動的尋找練習管道。

練習最好採用小組式練習，直接使用線上的工具通常可以共享 TM 與翻譯，採取正常性的編制，由不同的人員分別進行翻譯與審稿，並互換練習。由於翻譯與審稿的著重不同，審稿重視錯誤的排除、潤飾語句、遵循一致性等，透過擔任職位的轉換，比較能知道自己在翻譯時的盲點在哪，然後不斷進行檢討。通常一段時間後，都會有顯著的進步，作業時間也能夠加快。

在業界內平均翻譯的速度通常是一天 1,500 字，但隨著類型可能有所增減。例如全新專案的翻譯速度可能會略有下降；在查詢地名與專有名詞的專案每小時作業速度到達 200 字已是快得驚人了；對於短句較多的 IT 類翻譯，則一天翻譯速度可以高達 2,000，甚至是 3,000 字。每間本地化翻譯公司或傳統翻譯公司各自有不同要求，難以齊一而論，就看自己能否調整與配合，找出適合的模式。

6.1.3 成為資深的語言主管（Language Lead, LL）

語言主管從譯者角度而言，通常擔任一個專案路線的實質上但非名義上的最終端審核者，專案內容經內部審核過後，仍須交給語言主管進行最終審核。語言主管不僅應控制整體翻譯的品質，通常也是問題解答端以及 TM 審定的負責人。此外，語言主管也將負責一定程度的分配工作、控管權限與密碼、調配翻譯資源、測試送審的試譯稿、評議供應商和譯者的召集會議等，可以說是中大型的本地化公司或跨國科技公司的必備人員，也算是譯者路上擔任的最終職務之一，待遇不錯但需負責部分的行政事務。

6.2 譯文管理

6.2.1 如何善用線上查詢工具

多數的譯者已經開始善用如 Google 等搜尋引擎的今天，應該要面對的是因為知識量爆炸的如何過濾以及避免錯誤知識的積非成是。以平時使用而言，簡體中文的術語可參考中國規範術語網站上，有官方規範的術語內容；繁體中文常用的辭典如 Microsoft 的語言入口網站、國家教育研究院的雙語詞彙學術名詞暨辭書資訊網和《元照英美法詞典》等，較具有一定可信度。

但若是維基百科，由於其編輯權的開放，其資訊的正確度雖有一定程度可信但卻不可盡信，特別是在專有名詞的資料上，盡可能要先查詢 TM 並比較其他資料求證，或向專案管理師提出詢問，如沒有相當把握，請勿直接單看上下文就依照猜測進行翻譯，那將是相當危險的。

6.2.2 繁體中文在本地化翻譯應注意要點

在使用線上工具時，最大的麻煩在於以 Google 的中文使用者為例，其翻譯參考是以簡體中文，即華文圈中最大的使用者市場為主，例如典型的法律翻譯中，Corporate Compliance 在簡體中文譯為企業合規，但在繁體中文則應翻譯成公司法遵，方符合《公司法》的術語規定。過度參考或依賴網路翻譯的結果，實際上在測試稿該題翻錯的譯者多達 75%[2]。

更多誤用的例子，如繁體中文翻譯的「航艦」卻常使用簡體中文的「航母」來進行取代；更甚者，如以「視頻」取代「影片」是更為廣泛的指標性誤用，而原先 Video Frequency 的意思卻已不被大眾所知曉。

因此，在譯者的養成上更應該對於外來詞彙，具備相當程度的敏銳性，能試著去查詢精準且符合本地化翻譯的詞彙，例如國家教育研究院的雙語詞彙學術名詞暨辭書資訊網，即是可以做為詞彙在各專業領域上正確翻譯的依據。

雖然簡體中文市場的翻譯較為原文導向（ST-Oriented），而繁體中文的臺灣市場比較以譯語導向（TT-Oriented）為主，兩方各有所好，但近年已逐漸有差異化縮小的趨勢，特別是繁體中文市場規模較小的關係，部分內容有開始接受簡體中文的規則傾向，特別是資訊性的翻譯（Reading for Information），如一般非小說、科普、商業企管書籍，這是值得注意的現象[3]。

語言雖然會隨著時間、文化傳播、社群組成等眾多因素而變化，有些詞彙可能在出現的同時受到各樣競爭，例如 Render 就曾被譯為「彩現」、「演色」、「演繹」、「呈色」、「算繪」等不同中文詞彙，直到最後被 AMD 與 NVIDIA 所接受的「渲染」一詞所統一為止，即為經典案例。但這並不意味著語言詞彙可任意被取代，或積非成是的詞彙可取代掉正確詞彙。因此本書在此提出一些法則，對於本地化技巧上供讀者參考：

- 尊重原文，翻譯時應盡可能貼近該詞彙誕生時的語境與使用習慣。
- 尊重各地區的文化、法律及語言習慣，避免歧視化的同音字詞出現。
- 翻譯時，該詞彙應該廣泛、中性與可被理解的。
- 該地區已有的翻譯詞彙，不宜以其他詞彙強勢取代，避免同詞異義的狀況。
- 避免翻譯陷入政治化。

6.2.3 應善用 CAT 工具與 QA 工具

由於缺乏大學相關課程或專業訓練，多數譯者在初入翻譯時，雖然已經學習過不少的翻譯技巧，但對於 CAT 工具的掌握通常是不足的，狀況最佳者，多數也僅集中在 Trados 或 MemoQ 的使用，而其他工具或 QA 工具則鮮為人知，這是未來值得整個行業共同努力的目標。

掌握 CAT 工具是邁向本地化翻譯的第一步，以筆者教學經驗為例，在臺灣大學的「本地化翻譯入門」課程中，除了讓學生學習各種 CAT 工具以外，更重要的是會進行兩兩一組、三三一組等訓練。將學生實際投身扮演為譯者、審稿人員、專案管理師等角色，使用共同的 CAT 工具，理解從發案、製作 TB 與 TM、整理檔案，翻譯時如何查詢 TB 與 TM ，當有所疑義時如何提問，審稿如何評價他人譯文，如何製作報告等，藉由這些反覆的練習來增加對 CAT 工具的熟悉程度，也更能實體地上手相關的 CAT 工具。

當然，我們也可以尋求網路上的資源，加入相關的社群尋求練習的夥伴，更可以參加由 SDL[4]（現已與 RWS 合併）等公司所辦理的線上、對外培訓，特別是簡體中文方面的資源，相較於繁體中文而言是較為豐富的，都可以充分利用，來提升自我的能力。

而 QA 工具方面，最常使用的莫過於 Xbench。Xbench 的費用一年為 103.95 歐元[5]，相對於其他的 CAT 工具而言較為低廉，目前已是各公司的必備工具之一。雖說部分 CAT 工具，在公司發案建立 Package 時，會依照授權程度發給譯者，讓譯者可以進行翻譯處理，例如線上操作的 CAT 工具 Memsource，基本上譯者無須額外花費購買，但 CAT 工具內建的 QA 工具，其全面性與通用性，多半仍與 Xbench 的功能有著一段不小差距，或是有部分功能是缺乏的，因此，多數公司在收回譯者檔案時，都會將檔案匯出整併後，再進行一次 Xbench 的 QA 檢查。

倘若譯者可以自行檢查，降低審稿 QA 作業時間，那麼即能夠為自己在翻譯工作上爭取到極為有利的位置。當然，以譯者譯文自我品質控管中，Xbench 的部分功能將有助於譯者瞭解自己常犯的錯誤，從而避免在一個長期性專案中，一而再、再而三地犯錯，從而精進譯文的品質，也是其積極面向的好處之一。

註 釋

1. 方夢之著，《應用研究翻譯：原理、策略與技巧》（上海：上海外語教育出版社，2019 年），頁 42
2. 依照 OURS Linguistic Services 測試稿 2019 年分統計結果。
3. 賴慈芸著，《譯者的養成：翻譯教學、評量與批評》（臺北：編譯館，2019 年），頁 186、頁 210。
4. SDL 已與 RWS 進行合併，惟官方文件仍在更新當中，為避免讀者混淆，本書仍沿用 SDL 名稱，敬請知悉。
5. 此為 2020 年價位，詳細請參考 Xbench 官網 https://www.xbench.net/。

07

本地化工程師與應備知識

7.1 簡介

在系統開發完畢後，後續的維護以及營運才是一間公司穩定與成長的關鍵。不同於製造產業或軟體開發業的工程師，本地化工程師鮮少負責單一產品、單一專項的開發，工作內容廣泛，主要內容有協助解決翻譯過程中的技術問題、品質確保流程中功能正常運作、DTP 相關工具使用與疑難排除、工具使用與疑難排除、對接 API 發包與未來營運的技術端窗口，以及其他技術問題。

整體來說，本地化工程師的單一程式語言的專業度較之傳統科技業研發部門而言，不算精熟，但需要能夠會操作少則 5、6 種，多則 10 幾種的工具或程式語言，並且有能力閱讀技術文件，並依照文件指示操作，是其主要的挑戰。

7.2 主要應掌握知識

7.2.1 基礎知識操作系統

- Windows、Mac OS。特別是 Mac Os 與 Windows 系統不相容的技術問題解決已經是日常工作的一環。在 2021 年以後，新的 Mac OS 架構如何迅速橋接，將是挑戰之一。
- 如有牽涉資訊安全與其他開發內容，能使用 Ubuntu 等系統。

7.2.2 常用語言

- C/C++/C#、Java、XML/Xliff/xsd、Html、PHP 等較常用，ASP 較少使用但需要瞭解。
- 字體間的轉換編碼，如 ANSI、Unicode 等需要知道如何解決排除問題。

7.2.3 常用工具

- Passolo 是翻譯 UI 最為常用必須要最為熟悉；其次是 Catalyst、Mutilizer 需要有基本瞭解。
- 最主要的 Trados 與相關衍生產品、Memo Q 要最為熟悉，請特別注意 Memo Q 對於 Server、Licence 與 CAL 等常會出現問題，必須要清楚瞭解問題排除方式。其他如 XTM、Memsource、Smartling、SmartCat、Wordfast 需要瞭解並能協助排除問題。

7.2.4 DTP 工具

- Adobe 相關產品：InDesign、Pagemaker 等。
- Microsoft Publisher。
- QuarkXPress。

08

供應商的管理與成長

供應商主要是由多語言本地化公司向負責單一語向的本地化公司進行邀請加入團隊。每一語種依照業務需求，通常在 2-5 個配合團隊。沒有實績的公司在今日已較難透過直接方式成為多語言本地化公司的供應商，較多是透過成為某一專案的 Backup、參與大型計畫或藉由小團隊工作室的方式逐步成為供應商之一。

會形成這樣的合作關係，主要是根源於全球翻譯的實際需求。目前單以遊戲翻譯而言，主要語言翻譯語種即高達數十種之多，有翻譯需求的客戶常會將翻譯直接透過能處理多語言的本地化公司進行負責，而多語言的本地化公司再透過其專業，來與世界各地國家的團隊或個人建立起合作關係。

但基於管理成本與處理案量、專業與標準性、法律與商業上可被歸責等原因，絕大多數的多語言本地化服務公司與具備多語言服務團隊的跨國公司，較傾向尋找穩定且具一定規模的供應商來進行合作，這與製造業有雷同的情形。

聘用的標準各家均有不同。中文世界中，目前比較指標的標準是中國翻譯協會在 2014 年所發佈的《本地化服務供應商選擇規範》（ZYF 001-2014）[1]。這是由數間著名的本地化翻譯公司包含 Pactera、Lionbridge 和 SDL（現已與 RWS 合併）等與著名學者所共同起草編纂的，具有一定程度的公信力。以下羅列幾項重點供讀者參考。

8.1 供應商選擇標準

8.1.1 基本要求

需要由該母語人士組成，具備豐富的該語言本地化專案管理經驗，處理過大型專案。能提供軟體本地化、本地化測試、本地化工程、多媒體和 DTP 等業務。

8.1.2 品質流程

> 有標準的本地化流程、有持續最佳化的機制，能準時提交專案。

> 能定期提交品質報告且能配合客戶產品開發流程。

> 針對客戶需求 1 小時內做出回應；3 個工作日內完成客戶投訴的處理。

> 建議具備 ISO 9001、EN15038、其他國家標準（如加拿大標準總署 CGSB131、美國材料與試驗協會標準 ASTMF2575）等。

8.1.3 技術能力

> 具備 CAT 工具、TM 管理、翻譯專案管理平臺、QA 工具、機器翻譯工具或系統等。

> 具備能夠有橋接 API 的能力。

> 能依據 NDA 執行並有定期的審核機制。

> 符合 ISO 27001 認證或能滿足客戶對資安的要求。

8.1.4 建議提問（以下僅羅列重點，不包含價目詢問）

> 貴公司的本地化專案管理師是否經過專業認證或培訓？具備多少年專案管理經驗？每年處理的專案規模為何？最近一年中所提交的大型專案規模為何？

> 貴公司使用的譯者、審稿者、測試專員等是該母語人士的專家嗎？貴公司主要採取哪些與生產端的合作模式：透過專職、兼職與公司合作？還是與個人合作？還是與機構合作模式？

> 貴公司業務高峰時期的提交能力如何？針對特定客戶是否有對提交能力有範圍的承諾？如何應對緊急專案？提交 100,000 字的多語言專案，正常週期需要多長時間？
> 貴公司在專案管理、品質檢查、當地語系化測試、內容翻譯等方面是否有系統、平臺、工具的資源？如有，請一一說明。
> 是否能按照客戶要求提交專案提交件和過程件，包括但不限於已校對的和未校對的譯稿、Q&A 文件、詞彙表、語料庫？
> 貴公司處理緊急專案的能力？
> 是否能根據客戶要求建立海外開發中心（Offshore Development Center, ODC）[2]？

8.2 從小型團隊邁向供應商之路

不少本地化翻譯公司，並不單純出身於翻譯業界，更多的是來自軟體科技業，主要是為服務於自家或自家身處領域所衍生出的附屬性產業，或藉由併購整合所成為大型的本地化公司，如 RWS、TTG、SDL（現已與 RWS 合併）、TransPerfect 和 Lionbridge 等，除了本地化翻譯外，更跨足 AI、DTP、電子商務、軟體開發，甚至是航空軟體與國防軟體等產業，具有高度的延展、整合與跨度。

相對地，亦有如雨後春筍般在各個新興市場中陸續竄出的中小型本地化公司與工作室，以中國為例，語言服務產業每年以 25% 的增長幅度迅猛增加中[3]。語言 AI 的進展並未如擔憂的一樣，消滅掉多數譯者與小型工作室，反而是因此擴展不少因 MTPE、AI 訓練與其相關領域的工作機會，只是工作性質開始轉變。因此，從早期專心於接案翻譯的工作室，也即將開始向多元豐富且充滿挑戰的未來邁進。

那如何才能從建立小型團隊 / 工作室到標準的供應商呢？誠如上述關於供應商品質要求的敘述，本書認為最重要的幾個關鍵是：「標準化的管理流程並能準時提交專案」、「詢案後 1 小時內迅速回應」，供給量的標準是「每月單條生產線能處理超過 100 萬字 / 每 3 個工作日能處理 10 萬字」的供給量能，是從小型團隊進入到穩定小型供應商的最低限度要求。

進入小型供應商以後，對內是針對軟體與系統的進步，對外將針對生產線上的管理有更進一步提升，例如客戶本身可能會安排 LL，小型供應商也應該要派駐自己的 LT 來進行對應，因此，很難再以團隊或工作室時期的鬆散建置來進行日常作業了。特別提醒的是：建置混亂將不僅會導致無法成長，也更容易使工作出錯，進而導致客戶喪失信任，這是在發展當中最需要小心謹慎的。此外，法令遵循也應該要進一步提升，越來越多的大客戶對於 NDA 與資安的要求越來越嚴格，無論是基於對客戶有益立場或職業倫理，邁入供應商階段時便應該要以凜遵法令與落實契約為最低限度的要求。

此外，本書認為仍有幾個較為重要的關鍵是：「具備並熟稔至少 6 種以上主要的 CAT 工具與 QA 工具」、「須具備 API 橋接能力」、「穩定的量能且可依照客戶要求組建任務團隊」與「依照業界國際標準進行專業化分工」。

通常在團隊到小型供應商之間會有一個迷思，認為降價與低價競爭，是取得訂單的主要優勢，或反向認為要把要求做到盡善盡美，投入大量人力反覆看過三次稿件，是取得訂單的優勢；然而，對於中大型客戶而言，希望的是「輸出大量、品質穩定且價格合理」的供應商，來降低其內部的管理成本，如果系統能有所橋接，發案可以直接處理無須再三發案詢問，彷彿母公司與子公司的對應關係，那麼恭喜您，將可順利成為優秀且長期性的合作夥伴了。

註　釋

1. 詳細內容請參閱附件。
2. Offshore Development Center 是由於客戶只針對某些產品線要進入當地進行服務，但考量成本而不願意，或尚無必要透過經紀商，或直接分設子公司的方式，則會考慮採取海外開發中心的外包模式。將依據客戶要求設立專業性的團隊，協助客戶公司的產品進行處理，並減少開支，這在跨國公司中十分常見。例如，某世界大廠欲開發一款新手機，並在至少全世界 50 個地區同時上市，但同時聘用這 50 個地區的母語人士進入該大廠除成本極高外，實際上也不太可能，因此若採取 ODC 設立模式，則會透過 LSP 的服務在各國建立團隊，統一配合該公司需求，以期達到能全球同步配合的目的。
3. 崔啟亮、羅慧芳，《翻譯項目管理》（北京：外文出版社，2016 年），頁 3。

09

本地化專案重點概覽

9.1 專案報價

筆譯專案是大部分本地化翻譯公司所處理的大宗收入來源，傳統上毛利大約控制在 45-60% 左右，低於 40% 的案件考量到管銷成本、稅務與匯率，可以考慮暫不受理。由於各國所得薪資水平、物價狀況、競爭者皆不一致，導致專案報價幅度差距極大，並非單純以熱門與否、地域等來做區分。

以市場上最大宗的英文為譯出語的各種語言報價為例，英文翻法文的報價大概是英文翻繁體中文報價的將近 3 倍，縱然連分支語言中，如英文翻繁體中文（香港）仍將近是英文翻簡體中文的 1.5 倍；有些地域的報價高低與當地產生的最終成品品質關聯性甚低，例如英文翻泰文、英文翻印尼文，報價仍可到達與英文翻繁體中文差不多的價格，但整體品質卻參差不齊或有嚴重遲交情形；部分地區或國家因為人口較少緣故，其報價之高昂可能遠超過其他主要語種，這些都是在筆譯管理成本上，需要有所掌握的。

影響報價的因素甚多，而傳統 TEP 的報價改變是最值得關注的事項。21 世紀以來市場成長迅速，預計至 2021 年全球市場將超過 560 億美金[1]，雖對於多數公司而言仍是持續成長與擴張的階段，但在報價上競爭卻越來越激烈，特別是機器翻譯類型的專案與傳統 TEP 專案之間的價差問題，越來越多客戶選擇以機器翻譯編修進行該企業的多語化翻譯。但因此所造成譯者成本的壓縮亦可能導致一些問題[2]：

低廉的報酬使標準下降，迫使人們倉促行事，硬著頭皮，不辭辛勞地工作；這意味著工作被分包給還沒有真正準備好承擔任務的譯者。筆者認為文學翻譯者應該獲得更多的報酬。現在很多譯文出現了不少錯誤，可能源於翻譯過速所致。由於所獲酬金不高，導致譯者不可能花更多但卻必要的時間來進行翻譯。

機器翻譯編修也有語篇銜接的問題，使最初翻譯的各種選擇嵌入到文本之中，在不同文本間又不斷得到複製，進而帶來更多隱患[3]。然而，無論喜憂，機器翻譯編修所帶來的不僅是價格的衝擊，更多的是時代變換的過程中，我們將如何調整的問題。

9.2 本地化解決方案設計

往往客戶對於本地化服務公司的要求是極為多元的，而多元的要求下客戶不見得知道自己想尋求哪一些解決方案或適合哪一種解決方案，因此「解決方案設計」（Solution Design）即顯得相當重要。但如何制定良好的解決方案，Yuka Jordan 提出了七大重要建議[4]：

> **本地化價值觀點**
- 成功關鍵因素：優先邁向國際。
- 本地化即服務。
- 深入分析價值提案。
- 設計客製化解決方案。

> **範圍訂定**
- 全球化專案模式。
- 建議與選項。
- 國際化的各樣型態。
- 可達成目標的。

> **解決方案框架**
- 利害關係人管理。

- 法律遵循與監管要求。
- 資源需求。
- 溝通架構。
- 商業情報（Business Intelligence, BI）/ 資料架構。
- 關鍵路徑與風險減輕管理。

> **產品解決方案設計**

- 派案給適合的領域專家以及確保使用這些人才資源。
- 服務層級協議標準項目。
- 將品質意識帶入製程的方法。
- 品質過關的標準項目以及品質控管方法。

> **技術、機器學習以及工具應用背後的邏輯概念**

- 可預測、可重複使用、有效、可永續使用和可擴充。

> **企劃書製作進程**

- 系統資訊需求書（Request for Information, RFI）。
- 需求建議書（Request for Proposal, RFP）。
- 其他重要因素：商業情報、平衡計分卡、KPI 管理。
- 公司主動參與戰略合作夥伴管理。
- 人力資源發展與戰略採購。

> **市場差異化**

- 產業分析。
- 有哪些加值服務。
- 長期戰略夥伴的定位。
- 價值建議書：本地化的繁複度、深度與廣度。
- 有能力設計以客戶為中心的解決方案。

9.3 本地化專案的類型提要

在此部分，我們並不會專注在翻譯技巧、翻譯方法或翻譯內容等層面上，會將重點放在該類型內常會發生的一些共同問題，特別是管理層面應該要注意到的問題，例如哪些地方容易犯錯要如何安排譯者、該類型在流程上的安排等，希望在有限的介紹下，能有助於專案管理師、專案助理、管理團隊或譯者，對各種本地化專案類型降低走冤枉路的機會。

9.3.1 IT 類翻譯

9.3.1.1 IT 類翻譯簡介

IT 類的本地化翻譯其實與一般筆譯差距，可以說是相當巨大的。舉凡筆譯常用的各樣手法，並不一定可以直接通用於 IT 類翻譯。

> IT 類兼顧全球化、國際化與本地化

IT 類翻譯也受制於本地化與全球化兩個層面的拉扯，有時候我們必須依照歸化法，將內容翻譯成符合本地文化情境的內容，以方便讀者瞭解文意；但有時候則必須選擇異化法保留原文中的表達方式，儘量兼顧原文結構與文意。

與諸多軟體科技業的起源到轉型的狀況有點類似，例如 LG 的原名是樂喜集團，並成立了金星社，後變更為樂喜金星集團，但在整個全球化的過程中，LG 選擇的並非如同三星的直接音譯，而是將「Lucky」與「Goldstar」兩個名詞各取其字首，成為一個較符合國際化中可通用的名稱，即「LG」。但這並不代表 LG 的產品是一個只著重在全球化的推展，以手機產品為例：LG Velvet 產品在臺灣的介紹是「美力綻放 Piece of Cake」，在美國則是完全不同的「All of your Favorites.」可見其在產品上依然保持著本地化的特色。

多數軟體科技公司，很難單純以全球化、國際化或本地化去單純區分其性質。全球化有利於跨國跨界整合，降低來自語言與文化所造成的隔閡與成本；國際化有利於突破文化或國籍間的疆界，讓產品有利於行銷他國；本地化則有利於讓產品使用者快速上手，具有高度親切感，更進一步帶動對產品的認同感。因此，全球化、國際化與本地化時常是交互使用，並且密不可分的。

9.3.1.2 IT 類的文件處理與特點

IT 類比起其他類別而言，多了許多 Tag、特殊符號與不同格式，首先必須要注意的就是使用格式與鎖定內容。格式最常見的是 Unicode 或 ANSI 格式的問題，例如 BIG-5 的通用性轉碼問題，專案管理師應該在接到客戶專案時即妥善瞭解狀況，特別是在同時兼有簡體中文與繁體中文的案子時，要特別注意；其次是鎖定內容，鎖定內容往往在不明究理下，造成公司與譯者、公司與合作廠商間對於字數算法、執行內容與翻譯上的困擾，因此，有經驗的專案管理師常會與客戶確認關於使用工具、字數表、鎖定以及 TB 或 TM 權限的問題，以免有錯誤情形發生。

要特別提醒的是，雖然格式統一，因此不同 CAT 工具之間可以進行轉換，例如 Trados 的檔案，常會因為需要多人同步即時協作而改到 Memsource 上進行，此時專案管理師最好能再次細心確認一下關於鎖檔與格式的問題，以免發生誤差而遭致不可挽回的窘境。

9.3.1.3 IT 類的語言品質控管

IT 類的案件如果是處於從頭開發的專案，那麼來檔的狀況是經常容易修改的，因此會比平時需要花費更多時間去維護 TB、TM 與相關的語言資產，如果長期忽略而未及時更新時，常會發生用舊的 TB 在做新來的專案，導致語言一致性出現極為嚴重的錯誤問題。因此，對於這類型從頭開發的專案，除了每次來案時的正常 TEP 流程，最好能定期向客戶、譯者與合作廠商間更新互相最新的 TB 與 TM ，以確保整體語言的品質是得到控管的，也可充分降低該專案的複雜程度。

如果該案設有語言主管，請務必在專案開啟或專案開始不久時，能與語言主管保持密切的溝通管道，並迅速建立正確的語言品質控管方針；如未設有語言主管，也請專案管理師多留心關於檔案的交換與更新。

9.3.2 行銷類翻譯

行銷類領域嚴格定義下，並不能算是一個獨立的分類。其結合類型多元，包含社群媒體、網站、行銷文件、廣告企劃、電視影集、商業雜誌等，但多數因具有以大眾為取向的對外性質、須具備創意發想、嚴謹程度較低而彈性度較大、高度重視語意順暢度等特質，使得本書認為其仍應該做為一類而單獨介紹。

常見的翻譯手法諸如：增譯法、減譯法、語序調動、詞性轉換、反面著筆、語態轉換、歸化法等譯法，幾乎都能放開手腳地在行銷類文件下具體運用。同時，行銷類也是受到機器翻譯影響最小的類型，審稿的影響程度也較低，譯者的翻譯內容基本上決定了品質的好壞，因此，在篩選行銷類譯者時，應該採取較為嚴密的審核。

通常在該類型翻譯安排人事時，常採取新舊譯者同時搭配，讓資深譯者能在一定程度上帶著新手譯者摸清楚翻譯口吻與客戶的風格習慣，由新譯者從審稿除錯開始，再慢慢將翻譯案量轉到新譯者身上。這樣的好處在於，比較可以避免直接啟用新人選的確定性，以及讓整體翻譯趨於穩定，畢竟在實際操作經驗中，行銷類翻譯在早期來回修改的過程中是數量最多，也是最為繁雜的，安排人選上可得多用點心力。

行銷類領域多半都會配合後續的搜尋引擎最佳化（Search Engine Optimization, SEO），因此翻譯的內容應多加留心，特別是對於品牌、行銷文宣、網站關鍵字等的翻譯。市面上，有為數不小的廠商習慣使用雙關諧音用語，例如：中英文結合的「Fun 暑假了」，但對於 SEO 的搜尋效度而言，可能不太有幫助。

行銷類最難處理的當屬於翻譯雙關語。「可否譯？怎麼譯？」，哪些「不可譯？」，哪些又可以「巧譯」或「再創造」都是相當難的問題[5]。對於管理層面，本書會建議如碰到標語、廣告臺詞等，縱然客戶提供資料參考，但仍建議譯者能及時提出問題或意見來讓客戶定奪，或藉由翻譯前的溝通協調來訂定較為縝密的翻譯準則；如果有語言主管時，應該請其定奪翻譯為適切。

9.3.3 遊戲類翻譯

隨著遊戲市場在全球經濟中大放異彩，遊戲的本地化翻譯也越來越重要。早期以電腦遊戲、電視遊樂器遊戲為主，目前則是手機遊戲也已經達到不容忽視的地位。專業性上也隨著各種遊戲類型有所不同，隨著時間發展，2010 年以後，獨立開發遊戲的市占率已不再有優勢，取而代之的是大型遊戲公司開始將遊戲有公式化的傾向。

以下針對各種遊戲類型進行簡介並且提供一些足資參考的方向：

9.3.3.1 第一人稱射擊遊戲（First-person shooter, FPS）

市占率最高的莫過於 FPS 遊戲，翻譯譯者通常需要對槍械、機械、彈藥等軍武類型翻譯有一定程度的熟悉，並且區別簡體中文與臺灣繁體中文用法區別。常見的如 Grenade 翻譯為手榴彈而非手雷、Molotov Cocktail 請勿翻譯為莫洛托夫燃燒瓶，正確應為汽油彈 / 燃燒彈；更為細節的例如 Marksman Rifle 不能翻譯為狙擊手步槍，由於其來源是一般步槍兵中選拔較精準者所擔任的狙射角色，所使用槍械也非 Sniper Rifle ，因此較建議的翻譯是射手步槍。

參考資料上，權威性的是國防部定期更新的《美華軍語辭典》，內容將有不少細節足資對照，另也可以搭配國家教育院的辭典系統、尖端科技軍事雜誌社的《軍事資料庫》來進行檢索。

9.3.3.2 冒險類遊戲（Adventure Game, AVG）

AVG 目前臺灣的市場仍然以日翻中的市場為主要大宗，但近年在 Steam 等平臺上陸續上架的遊戲，日文翻英文、簡體中文翻英文、簡體中文轉繁體中文等需求持續增多。由於多數 AVG 以小說式的形式為主體，字數內容少則數萬，多則數百萬字，重視譯者能否將語氣、長句情節描述表達貼切，也重視能否將部分的俚語、網路用語轉化成本地化用法。AVG 的玩家，非常倚賴文字與配音，其遊戲性也與此有著較其他遊戲類別更高度的密切關係。

以日翻中為例，簡體中文的非官方中文化翻譯組，習慣保留日文漢字，而不將其翻譯出，如悪役令嬢等詞彙，直譯為惡役令嬢；其他如自稱詞彙、狀聲詞上的錯譯，更非值得參考學習的例子。應該注意的是目前依賴機器翻譯，再進行譯後編譯的內容逐漸增多，對於要進入該領域的譯者們，請儘量避免該作業方法來完成作品，仍應按部就班地學習本地化翻譯技巧會是較好的選擇。

此外，關於本地化技巧的使用，在遊戲類翻譯中要更加慎重考慮，例如翻成臺式中文的「掂掂，賣吵啦！」這類用語是否合適出現在日系動畫遊戲中的臺詞裡面值得再商榷考慮，畢竟遊戲完整的風格與整體性相當重要，不少遊戲風格的人設因變換為其他語文的配音後將大幅走味，雖可能顧及了本地化的應用，但卻讓市場接受度大幅降低。

9.3.3.3 模擬遊戲（Simulation Game, SLG）

SLG 是一個很廣泛的稱呼，諸如 TBS（Turn-Based Strategy）遊戲、都市營造、人生模擬、戰爭模擬、養成模擬等都是這類型的涵蓋，共通點是此類遊戲不一定如 AVG 有個完整結局，重點在於體驗遊戲中的營運。因此，這類型遊戲中的資料庫內容的翻譯就顯得相當重要。由於資料庫的繁雜龐大，舉凡人設、技能、屬性、物件、系統等皆屬之，請儘量倚賴 CAT 工具處理，以確保資料的一致性。

9.3.3.4 多人線上角色扮演遊戲（Massively Multiplayer Online Role-Playing Game, MMORPG）

MMORPG 其生態從早期的天堂、魔獸世界到今日如百花齊放各家爭鳴，因此應該從傳統的電子遊戲或 RPG 分類中獨立出來介紹。

MMORPG 在本地化翻譯的處理下與其他的遊戲翻譯有著極大的不同。MMORPG 的活動相當頻繁，短從數週一次的小活動，到月、季度活動都有翻譯的工作要做，因此在初期建立好足夠充分的 TB 並隨回顧會議時調整相當重要。通常經營長達數年的 MMORPG ，其內不乏字數高達數十萬到數百萬字者，但由於活動有地區性問題如非屬原廠直營遊戲，也有可能開發原廠與營運商並不一致，也因此出現翻譯不一致、不符合 TB 、錯譯等現象屢見不鮮。解決方式，依然是儘量依賴 CAT 工具處理，以確保資料的一致性。

MMORPG 的翻譯跟其他遊戲製作的時間線比較不一樣，很少是各地區同步活動、同步進行，也因此比較會建議譯者是一邊進行翻譯，一邊玩遊戲來做為參考，比較有上下文或畫面可資參照，使內容的理解程度增加。例如 Defences heal for 20% of damage dealt. 這句的意思，就應該依照在遊戲中的具體情形來進行翻譯，以免產生誤譯。

9.3.4 醫學類

醫學類翻譯主要集中在臨床實驗報告、藥物實驗報告、期刊論文、檢驗送審報告與使用說明等類型。與一般類型的筆譯流程不同，作者多會在首次翻譯譯稿翻審皆完成後，再行看過譯稿並提出意見，也有可能會修改原稿內容或補充資料進入，最後再將前後版本的譯文再行比對修訂。這類型的稿件來回，可能高達數次之多，因此其收費單價也是所有類型之冠。再送交同行評審或向機構遞送報告前，會經過 SME 的意見評估，該專家會針對內容給予意見，之後再回去進行譯稿的調整，方能送出最終版本。

專案管理師最好能夠預留足夠充分的時間，特別該專案來自機構時，由於行政上的需要，請務必留下彈性時間，以降低風險發生的可能。此外，SME 專家如果本身就是譯者，可以指定其為審稿者，以加速專案運作，惟須注意當回稿與原作者意見有所出入時，仍應尊重原作者看法來修正譯稿。

SME 的審查重點是針對譯文本身，諸如專有名詞是否正確使用、譯文敘述方式是否符合該領域寫作習慣、譯文是否足夠精確能排除雙重解讀，而非如同行審查是針對論文本身的內容，在定性上有所差異，請專案管理師在處理醫學類專案時務必注意。

9.3.5 法律類

法律類內容同樣繁多，舉凡合約、訴狀、裁判書、專利申請、證明文書、移民或婚姻文件外，另有各式琳瑯滿目的法律文件。以臺灣的前幾大法律事務所與專利事務所為例，多數事務所已有成立內部翻譯團隊，除部分留在所內部自行處理以外，仍有對外發案的需求。法律類依類型不同，字數落差極大，訴訟文書與專利文件可能高達數百頁內容，而證明文件卻短僅百字，量體不一。因此，建議是培養專門的數項即可，以確保資源的有效分配。

法律類對譯者的專業度要求極高，需要能正確使用詞語與語句，這也是多數譯者對於此領域感到陌生甚至畏懼的重要原因。

例如在契約法上的 Warranty of Merchantability ，並非即是指涉適銷性擔保，有可能對應的是《民法》上的物之瑕疵擔保；例如 Constituent Elements 不少譯者翻譯為「構成要素」，但在臺灣法律中比較適切的譯法為「構成要件」。

各國法律用語的辭源均有所相異，應避免混用，如美國學者與德國學者對於違憲審查層次的不同，不建議將詞彙直接取代使用；再例如《刑法》上日文辭源的該當性與德文辭源的合致性，也不應該混淆使用。

其次，法律語句在翻譯上可能與其他類型稍有不一。如法律語句習慣使用雙重否定來強調該內容的重要性，在臺灣法院判決書中亦常見到該類寫作方式，因此並不建議將其翻成肯定句，應盡可能地保留原文結構，並且最重要的是：「符合當地法律習慣的書寫方式。」

建議如有志從事法律類專案的翻譯譯者，儘量能夠修完正式的法律翻譯課程，並對於各樣法律體系要有一定程度的瞭解。由於法律體系各自互異，如專利、刑事、民事等系統無論在用字遣詞、法律概念上皆有著高度歧異，這並非在辭典或網路上搜尋資料就能夠馬上明白，仍有賴具有一定程度的法律素養。

參考資料上，線上版的《元照英美法詞典》可供快速參考，但仍建議對於所查詢之辭源還是要有一定程度上的瞭解，以免誤用。

法律是一項失之毫釐，差之千里的專門科目，雖然培養不易，但競爭者少，熟練者更少，隨著國際市場不斷擴大，未來的市場成長仍然可期，如果能做為一個跨翻譯與法律科際的專業人士，也將能在此處一展長才，發光發熱。

9.3.6 影音多媒體

該領域與傳統本地化翻譯 TEP 流程為差距較大者。縱使單一專案內，從文案腳本開始，到錄音、錄音繕打、排版、測試等，牽涉廣泛，但由於市場逐步擴大，相當多遊戲、電影、電視等產業界，也有這方面的需求，特別是近年興起的 AI 訓練，更是需要龐大的錄音來訓練 AI。

專案管理上，PM 通常會配合多個不同的供應商來尋找所需人員，雖可以從譯者或合作團隊當中尋找，但為了不占用既有資源與便於追加補充工作人員，多數公司還是會向外部供應商尋求支援。期間最為麻煩的是人員的不可控性質，較之翻譯譯者而言，供應商提供的人員或自行找尋的人員，在人數越多越複雜的情況下，越難順利進行，特別是要求細節越為細緻，例如要求年齡、性別、學歷與工作領域等，不僅增加尋人難度，更加深管理困難。

再者，與其他團隊的配合合作也相當重要，這通常是專案管理師很少數的出差工作之一，如何配合與協調其他製作團隊相當重要，更重要的是有不少專案在每一環節都是由各團隊單獨承擔，如 TEP 由本地化翻譯公司承擔、配音由影音工作室承擔、後製再由另一個團隊承擔，各自獨立但必須相互配合，特別在多語向的專案更為需要。任何一個環節的失敗，都會造成整個流程上的災難，因此專案管理師在處理影音多媒體領域的專案時，除留下大量時間外，確保每一環節的正常運作與期間抽檢成品是非常重要的。

9.3.7 測試型專案類

本地化翻譯相關的還有眾多的測試類專案，特別是以遊戲類的測試為對象。原則上不少大作都會經歷過這方面的測試階段，例如遊戲測試人員會依不同要求進行測試，但主要並非是遊戲體驗類的評測，多半會聚焦在類似 LQA 的形式，並且與遊戲中的美術內容進行對照哪一些缺乏本地化概念或有誤譯的情況。其次的主流是用戶介面、手冊、Q&A 等的文件測試，另有相片、錄音、AI 訓練等各樣新形式的專案。

測試專案除了在大型本地化公司有獨立部門外，多數中小型公司則屬於非常態性設置，屬於任務性質較多。但仍會有一定的組建編制，在任務開始時將該編制放入資源團隊或專案管理團隊下來進行專案。

由於專案測試的週期與本地化翻譯週期較為不一致，早可從開發階段，晚至收尾到上市前的階段也有，可長達數年，亦可短於數天，是故，除該公司或該辦公室有定期的需求外，否則很少會組建固定團隊進行處理。因此，該業務多是交付專業的測試軟體公司來處理，多語化的測試專案則多由本地化公司來完成。

值得一提的是，測試專案有幾個管理重點：

- 能制訂完善的測試計畫，選定正確的方法或工具，並正確依照設立框架進行測試，必要時能及時糾正錯誤。
- 能依照設定方式進行測試，並有完整的監督與可追溯性，能控制測試風險。
- 能整合完整數據、提出具體的影響因素，以及能簡明扼要的提出總結報告。

註　釋

1. CSA 在 2018 年所發佈 The Language Services Market 報告針對 2021 年市場提供估算。
2. Büchler, Guthrie, Donahaye, and Tekgül, *Literary Translation from Arabic, Hebrew and Turkish into English in the United Kingdom and Ireland, 1990-2010* (Aberystwyth: Literature Across Frontiers, 2011), p.74.
3. Michael Cronin 著，朱波譯，《數字化時代的翻譯》（北京：外語教學語研究出版社，2017 年），頁 143-144。
4. Yuka Jordan, *Uplevel Your Localization Project Management* (US: FLVTTA, 2017), p.147-150.
5. 「巧譯」一詞在繁體中文用語應為「創譯」。詳細對於雙關語的討論請參閱：周鴻，〈論雙關語的翻譯 — 兼談“不可譯”與“再創造”〉，收錄於《教育研究　第二卷　第二期》（新加坡：前沿科學出版社，2019 年）。

10

語言品質管理

10.1 語言品質管理是什麼

語言品質管理在大公司中是一個完整的體系，而獨立於一般的翻譯流程，如果說翻譯流程是個別可針對該專案進行一定程度上的審查，那麼語言品質管理的擴張性則更為廣泛、更加全面。具體來說，藉由品質控管（QC）與品質確保（QA）來發現問題並不斷改進、不斷最佳化。通常在專案流程內指的是品質控管，而品質確保比較是獨立於流程外最後來審視整個管理是否符合要求的環節，也因此品質確保有時會委託其他外部團隊來進行控管，而非由內部組成的獨立單位來進行。

10.2 翻譯品質標準

翻譯品質的標準雖然不少公司仍參酌本地化標準協會品質確保模型（LISA QA Model）[1]，但在 LISA 關閉以後，多數公司開始發展自家業務上側重的方面，側重的重點很有賴該公司是怎麼發展起來的，或從傳統翻譯、或從科技公司擴展業務到本地化服務、或從傳統製造業如汽車工業起家，均有所不同，以汽車工業為例，所採取的標準就是 SAE J2450；如是中國的公司，則多數是以中國國家質量監督檢驗檢疫總局所頒布的《翻譯服務規範 第一部分：筆譯》（GB/T19363.1-2008）、《翻譯服務譯文質量要求》（GB/T 19682-2005）為採取標準。

時代變遷，交流也越來越頻繁之下，定期性修改翻譯品質標準是有相當必要的。各公司也應該隨著業務上的需求，針對各種類型訂下標準，都有助於品質的確保以及未來業務上的拓展。

10.3 翻譯品質（Translation Quality）的建議參考向度

翻譯品質，簡約來說，有兩個層次的評估。其一是關於質方面的評估，會在審稿報告上向譯者回應，也做為官方紀錄具體留下；另一是關於量方面的統計，藉由知道在每固定字數當中的犯錯率[2]，來做具體上的評估。一般而言，有將正確性、語言品質、一致性、風格、該國規範、格式錯誤為標準等類別後再行依照嚴重度區分，或採取 SAE J2450 的標準將術語錯誤、語法錯誤、缺漏、詞語結構與一致性錯誤、拼寫錯誤、標點符號錯誤以及其他錯誤等類別再進行嚴重度加權區分[3]；另也有採取詞彙、語言表達與格式[4]為向度量表的評估形勢。若綜合從 LISA、GALA 等本地化翻譯標準來整理，對於翻譯品質有如下的共通性指標[5]：

> Accuracy 正確性（Cross References, Incorrect Translation, Omissions, Semantics）。

> Country 該國語言規範 / 國別（Company Standards, Country Standards, Local Suitability）。

> Functional Error 功能性失誤 / 格式錯誤 / 版式錯誤（format, Hidden Texts, Tags/Links, Technical Procedures Error）。

> Language 文法 / 語法 / 語言（Grammar, Punctuation, Spelling）。

> Style 風格（Client/Style Guide, General Style, Language Variants/Slang, Register/Tone, Unnecessary Additions）。

> Terminology 專有名詞（Context, Glossary and Query Log Adherence, Implementation of LQI Corrections, Inconsistency）。

但實務而言，如該國語言另有特殊規範或政治上要求，在計分衡量上將使權重有所影響；譯者經常犯錯的遲交，也通常未見諸於計分之中，也因此在綜合考量複雜程度、使用習慣與權衡輕重後，評估量表的向度可以參考本書所提出之類型。例如：

> 可讀性（Readability）關注重點：流暢度與可閱讀性。語序、語意、語氣、贅語。
> 語言品質（Language Quality）關注重點：文法、合於普遍性原則、中式英文、直譯。
> 正確性（Accuracy）關注重點：拼字問題、標點符號、漏譯、誤譯。
> 一致性（Consistency）關注重點：產品詞彙一致、重要詞彙一致、風格一致
> 遵循性（Compliance）關注重點：遵循風格規範與參考資料。
> 格式與其他細節（Formatting and Other）：格式錯誤或其他細節錯誤。
> 延遲遲交（Delay）：延遲交檔。

並依據每一子類分別給予：極佳、良好、普通、稍差、極差五個評價。根據每一子類的重要性高低給予不同加權分數結算後，最後可給出表現極佳（Excellent）、表現良好（Good）、符合平均（Average）、尚可接受（Acceptable）、勉予通過（Borderline Pass）、差強人意（Below Expectation）、退回重改（Reject）等綜合評價與分數，即登載在表單之中。

每一段時間，將期間累計的總分數除以期間的總字數，再乘上一個調整常數，最後即可得出每一譯者在一定期間內的犯錯程度為何，給予表現不佳的譯者進行職業上的再訓練。這樣的好處，與傳統的每千字錯誤率的做法比較而言，比較能看得出一位譯者在長期下的穩定表現。

在實務上的觀察，通常長期表現穩定的譯者，也較能夠避免致命或重大錯誤的發生。畢竟若出現致命性或重大以上錯誤，通常是難以被客戶接受的，依合約的不同很有可能會有罰則的風險出現，因此，各公司均以避免此情況為第一線把關。預防把關的最好方式，即是能妥善知道每位譯者適合的單位時間處理字數與中長期性的表現波動。

值得提醒的是，無論採取何種管理做法，請避免矯枉過正，無止盡追求錯誤率降低。雖然客戶會有所要求，但妥善與客戶溝通將品質把握在可接受範圍內，也是管理的藝術之一。以平常過關分數 85 分而言，這已是能符合多數客

戶預期的成果，此時每多投入一分的人力與心血，得來卻可能不會是等同一分的品質上升，隨著要求越高，邊際效益也就越低，極度高分的要求恐怕會與現實脫離，更可能進一步排擠其他專案的處理。

10.4　語言品質管理下的翻譯配置

一般的流程即所謂 TEP 流程，即翻譯、審稿、譯入語校對三者結合的流程，但視情況需要，翻譯期間的 LQI ，或是審稿後是否需要再加入 SME 或風格審查則是依照專案需求另外排定。在基礎流程完成後，如果是屬於需要排版文件，則會再進入 DTP 流程，細節將在 DTP 的介紹中再另行說明。

但通常在多語服務當中，由較大規模全球性的本地化公司取得標案再分發給各地的單語言服務供應商（Single Language Vendor, SLV）是相當普遍的情況，因此基本上會由專業的 QA 團隊來去控制各供應商的品管與確保產量。在業界實務中，由於 QA 團隊規模與成本關係，比較多都是進行抽查，並且留意客戶回應，藉此來評估各團隊的表現，如有抽查結果不合格，或低於一定分數以下，將會視情況擴大抽查範圍，嚴重者甚至取消合作。

通常一份專案，如果情況許可，各種語言都會有主力團隊以及支援團隊，以避免因案量暴增時無法負荷的狀況。專案管理師務必注意並仔細評估各團隊的負荷能力，在業界經驗中，縱然表現尚可的團隊也常因突如其來的爆增案量而導致品質大幅下降。

此外，跨國雇用外部或約聘人員做為 QA 人員、PC 人員或技術人員等，雖然可以在時區配合或成本上得到節省，但 QA 品質經常性不能得到確保，也與投入成本不見得相關。對於本地化翻譯尚未普及或高度使用盜版的地區，比較建議投入成本與時間去培養當地團隊或個人。雖然外部合作的即戰力，可以解決一時問題，但長久品質的確保還是有賴自家團隊的親自養成。

10.5　回顧會議

在敏捷方法中，通常要求在工作過程中即需要針對專案內容進行審查，而非等到全數結束才開始進行。

回顧會議的用意與單純的流程內的審稿不一樣，是藉由新方法、新嘗試來去調整與改善品質，這特別是對於長達數年以上的專案案件更是如此，並藉由後續的回顧會議來針對之前的嘗試結果進行調整與評估，較能發掘專案的不一致性與品質上的問題，也能促使融入度更佳，降低專案後期的變更成本。

舉例而言，TB 與 TM 的定期審查有其必要，特別是前期由於內容還不明確時，誤判某些內容或翻譯不洽當，但審稿者卻未及時改出的情形在業界可謂相當頻繁，往往等到專案中後期，可能在更換譯者或是多人協作翻譯的情形下，卻遵照了可能有誤的術語或 TM ，從而導致翻譯的品質大打折扣或重置成本陡升。

10.6 根本原因分析報告 (Root Cause Analysis Report, RCA Report)

根本原因分析（Root Cause Analysis, RCA）是語言品質管理內的重要一環，是藉由回溯性失誤分析之方法，希望從回顧專案執行過程以及錯誤癥結點，進一步瞭解造成失誤的原因，從而檢討及改善程序或增加防錯機制。此外，經 RCA 分析後，透過最終結果提出可接受、可實際執行的「行動計畫」（Action Plan），以避免未來類似事件再度發生。

寫作的方式為：列出錯誤類別，列舉該類別的原文與譯文之間的差異，再進行分析，最後給予準確或改進的建議，逐項填寫，並在最終寫下綜合討論，及給予行動計畫的要點。舉例如下：

> **錯誤類別**：如同位語錯誤、誤譯、語意不明確、直譯等。列上原文、譯文、分析與建議等四項。

> **綜合討論**：分析錯誤所產生的原因。如該專案屬於哪一類，哪些地方可能產生理解上誤差、背景知識不足所導致的錯謬、QC 未抽查出的狀況等等。

> **行動計畫**：依據綜合討論所提出的問題點，給予分別對應的處置方式。如專案應先進行前導流程與 LQI ，避免理解差異；背景知識部分進行 SME 流程或縮短提問與解答流程；QC 或審稿應提升審查密度為一致性與速覽審查（即應比對字詞一致性、標點符號、全文閱覽挑出錯字或 Typo 問題），

並將更新的偏好用詞直接更新入 TB 避免犯錯；會議紀錄應放在平臺上供專案團隊人員隨時參看。

如果專案執行情況極差，如譯者惡意棄案、譯者於 TEP 流程下惡意使用機器翻譯等狀況產生，並不是 RCA 報告所應該要處理的，應該於專案內，經由 LQI 或審稿者立即發現後，即改派或進行緊急流程來加以處置。RCA 報告發生的原因，比較多會是團隊常犯的同一錯誤、疏失或是流程不嚴謹所導致的問題，QA 團隊或負責 RCA 報告的撰寫人對待 RCA 報告請認真看待，請勿虛以委蛇的應付客戶，這不僅是對客戶的交代，也是對內部團隊的鞭策督促。

註　釋

1. LISA QA Model 是基於美國 SAE J2450 的標準所開發出來的品質確保產品。最早的版本是 1995 年的 1.0 版本，直到 LISA 關閉前的 3.1 版本。目前版本可對於 GILT 領域中 46 種錯誤類型，每類型錯誤訂定不同的嚴重程度與加權，最後再根據情況給予 Pass 或 Fail 的結果，並進一步將 QA 的抽樣中檢查與 QC 完成校對進行區分。詳細介紹請參見王華樹主編，《翻譯技術實踐》（北京：外文出版社，2016 年），頁 177-181。

2. 常見的是以每千字的錯誤字數（或錯誤分）做為基礎算法，但本書中採取另外一種加權型計算方式。錯誤加權公式為：期間內各別專案錯誤 * 各別專案字數之累計 / 期間內總字數 *C ，C 為調整常數，用以調整因極端值影響的權重。則在錯誤加權公式下數值越高代表錯誤率越多應該進行檢討，反之則代表犯錯越少。其設計優點在於過往公式未能將各類型的難易度進行調節，僅算出一定比例，不僅易受到極端值影響，更容易因為量體越大而使整體評估弱化；加入調整常數的好處在於是減緩在字數極多與極少時所受到未能正確評估的影響。其次，該評估公式的好處是可以大幅度減緩審稿者或 QA 人員在計列譯者錯誤的時間，無須逐字逐句計列錯誤。否則，當譯者表現顯然在標準以下範圍，仍逐條計列扣分時，所需耗費的時間成本將遠超正常審稿時間，從而影響整體公司運作效率。

3. 唐旭日、張際標編著，《計算機輔助翻譯基礎》（武漢：武漢大學出版社，2018 年，一版二刷），頁 72-73。

4. 請參見王華樹主編，《計算機輔助翻譯概論》（北京，知識產權出版社，2019 年，第一版），頁 280。

5. 關於翻譯品質（Translation Quality），或甚至是翻譯教育類評量的翻譯品質測量（Translation Quality Assessment, TQA）的論文數量繁多，國際上迄今未有完整統一的標準，我們建議可以參考如各國自行頒布的翻譯品質或品質確保標準，並配合業務上的需要來修正自家公司的評分系統。詳細對於翻譯品質定義的討論論文可以參看：Geoffrey S. Koby, Paul Fields, Daryl Hague, Arle Lommel, Alan Melby, "Defining Translation Quality" *Revista Tradumàtica: tecnologies de la traducció* Número 12, Traducció i qualitat, p.413-420.

11

語言資產管理

語言資產是公司經營無形資產中極為重要的一塊，掌握語言資產是公司連結過去向未來發展的重要橋梁，藉由語言資產的充分掌握與管理，也能成為公司發展的護城河。

從消極層面來說，術語的不統合與分散，將導致每次進行專案時，幾乎都是從頭來過，不僅過往的資料無法累積，更可能因為新舊資料不一，導致越形混亂，這對於從小型語言公司發展起來的公司常有這類狀況，有效管理自家術語的公司其實仍不算多數[1]。

相對地，本地化翻譯行業中的領頭羊公司，同時也是語言資產最為豐沛的公司，多半已藉由語言資產的開發與再利用，搭配諸多軟體系統、機器翻譯服務，已創造出驚人的經濟利益，得到超額的回報。

隨著客戶產品日新月異，迭代速度一天比一天快的當下，術語如果無法妥善，不僅將會在商業競爭上大大扣分，更可能因為系統的更迭導致遠遠落後於主流隊伍，因此，任何公司均應該妥善對於自己的語言資產加以管理才是。

語言資產分成兩大類：術語及翻譯記憶。

11.1 術語（Terminology）

11.1.1 術語與術語管理

術語指的是特定學科內用來表示特定意義的專用詞彙，但在本地化翻譯領域內則對其定義有更為寬廣的界定，從科學意義上的術語到公司產品的特定名稱，往往有著異常豐富的內容。例如以最為經典的 Coca Cola 為例，1920 年代曾出現如「蝌蚪啃蠟」的譯文，直到改為「可口可樂」才在華語使用者市場蓬勃起來，主要是因為人們對於語言文字的聯想性與產品本身切身相關，如果不是精良的翻譯來乘載其產品或公司品牌內涵，可以想見那慘不忍睹的後果。隨著全球化的腳步越來越快，作用範圍也越來越大，如何維持術語的完整、一致、明確且精準，就成為這個時代各家公司絞盡腦汁所努力的目標了。

有學者認為術語應該講求：「透明性、簡明性、派生性、穩定性、合乎語言習慣」等五大原則[2]，但實質上由於各個學門或領域內的不同，其原則不盡然皆可使用，術語在實務應用上仍視需求而定。

術語標準格式可參考 LISA 過去所制定，資料結構架構由 ISO 12620、ISO 12200 所提供，並沿用至今的 TBX（Termbase Exchange Format）。最新的修正可以參考 ISO 30042 的相關規定，解釋了基於 XML 的 DCA（Data Category as Attribute）與 DCT（Data Category as Tag），並針對 TBX 格式進行講解。

至於與術語管理最為相關的術語管理系統（Terminology Management System，與翻譯管理系統 Translation Management System 並不相同），相關定義可參考 ISO 26162，指的是管理術語的程式或程式系統。簡言之，Microsoft Word 即有簡單的管理術語資料的系統，其他的 CAT 工具對於術語或術語庫建立，也都已經有著不少的完善功能；也有線上可以直接同步進行的如 Memsource、XTM 等；專業自成體系如在 Trados 底下進行術語的功能與維護則可以使用 Multiterm 來處理；除此之外，也有專門進行術語庫翻譯的軟體，如 Lingo、Sun Gloss、AnyLexic 等。

較具規模的大型術語庫，例如 Interactive Terminology for Europe（IATE）已成為歐盟國家主要使用的資料庫，但在英中翻譯的實務上，仍較常是以 Microsoft 語言入口網站、國家教育研究院的雙語詞彙學術名詞暨辭書資訊網的資料為主。

11.1.2 XTM 與其術語管理 [3]

XTM 是一種線上的 CAT 工具，本書將以 XTM 來做示範，介紹該 CAT 基礎使用術語的相關管理方式。首先我們先從基本功能開始介紹：

> 工具介面介紹

XTM 中有兩個顯示 TM 的地方，編輯區當中的是會自動顯示的 TM，下方的 TM 則是搜尋後顯示結果的地方。

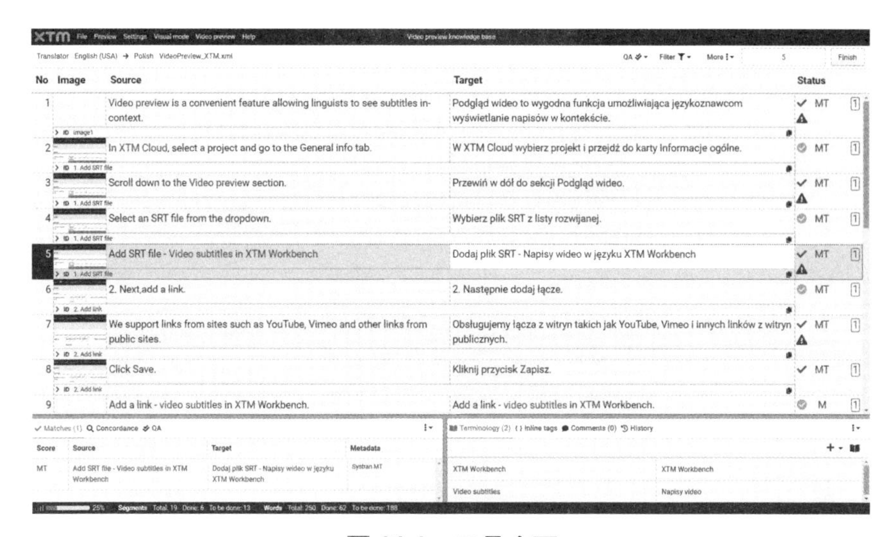

圖 11.1　工具介面

> 如何使用 XTM 存取檔案

客戶會提供公司名稱、用戶、密碼，在 XTM 的入口網站輸入這些資訊登入後，將看到專案列表，點選專案名稱後即可開啟進行編輯，操作簡潔。由於 XTM 是雲端平臺，翻譯將會自動儲存。右圖為登入頁面。

圖 11.2　登入頁面

> XTM 編輯區的主要功能介紹

a. 編輯區

XTM 所提供的資訊以及介面排版的方式較適合翻譯 UI。在編輯區的左方是各種幫助譯者獲得資訊的地方，例如圖 11.3 為一份由日文翻英文再翻中文的文件，譯者可參考當中的圖片、日文原文，以及註解以瞭解字串脈落。原文中的藍色字代表在 TB 中有此詞彙，工具介面右下角會自動顯示其翻譯。綜合種種資訊後，在譯文欄位點選即可翻譯，翻譯完成後點選顯示 U 的方格，將其變為綠色，代表確認此翻譯，按 Enter 就可進到下一句。

XTM 顯示文件的方式和其他 CAT Tool 稍有不同，譯者初使用 XTM 時需注意，在編輯區上方有專案名稱和文件名稱，有時不只一個文件，容易被遺漏，並且需於右上角切換頁數，有時譯者會以為只要顯示在視窗上的部分翻譯完成就好，但可能還有其他頁，譯者需注意此細節。

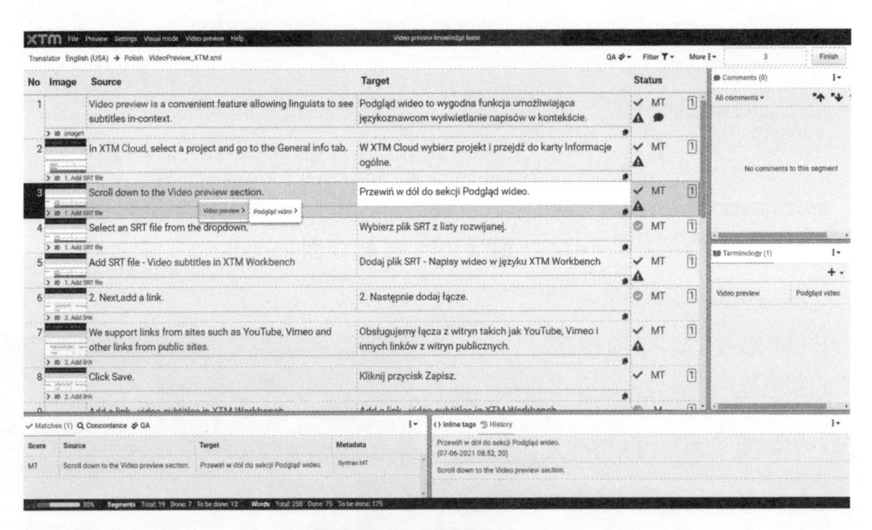

圖 11.3 編輯區

b. 工具欄

XTM 將工具以圖示方式分別放在編輯區兩側，以下介紹幾項常用功能：

(a) 左方工具欄：

– （Filter）：篩選出特定狀態的字串，例如：有註解的字串。

– （Change segment status）：此功能可以讓譯者快速的大範圍修改句子的狀態，例如：譯者翻譯完此頁，確認沒有問題後，想讓句子全都呈現確認狀態，可以點選此功能圖示，跳出來的視窗中「Change」選擇「XTM status」,「To」選擇「Green」,「All segments」選擇「On the current page」，設定完成後按「Update」即可更新。
– （Run QA）：XTM 有自己的檢查工具，也可以選擇「Open Xbench」，結合 Xbench 做檢查。
– （Find and replace）：尋找與取代，可以針對字串的狀態進行篩選。
– （Metrics）：字數分析表，有詳細的相似率報告。
– （Preview menu）：原文預覽，需以下載文件的形式觀看。

(b) 右方工具欄：

– （Centralize this segment）：使字串移往中間，避免超出框線影響譯者閱讀。

> 如何執行 / 查看 XTM 字數分析表

點選左側工具欄中的「Metrics」圖示，即可在跳出的視窗中看到字數分析結果，拉到視窗最下方可以選擇以 XLSX 或 CSV 格式匯出。

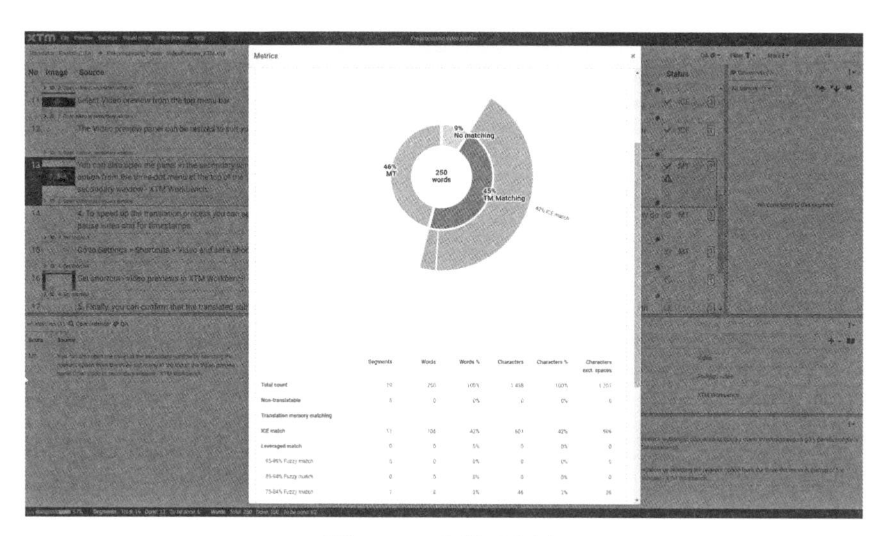

圖 11.4　字數分析表

> 如何搜尋 XTM TM

反白欲搜尋字串，按右鍵，點選「Concordance」，譯者可依精準度選擇 Broad match、Phrase match 或者 Exact match，也可以進一步在 TM 欄位中進行搜尋與設定，例如：TM 中的翻譯有可能是譯者自己的翻譯，若要搜尋已經過客戶核准的翻譯，可以勾選「Approved memory only」。

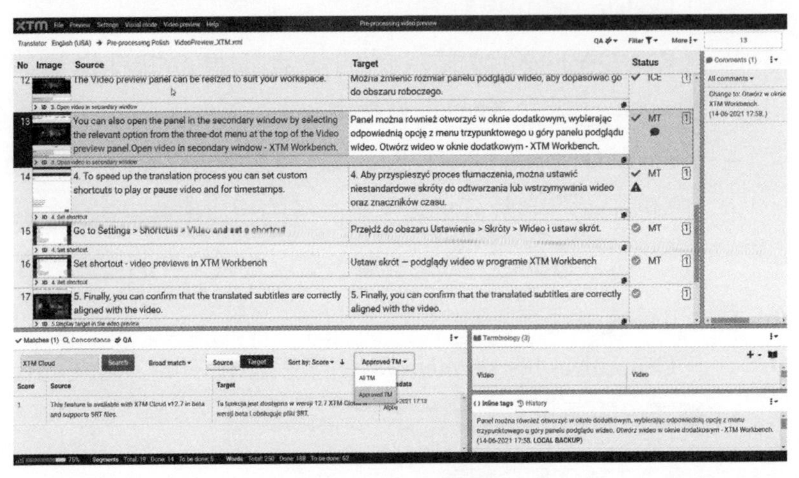

圖 11.5　搜尋 TM

> 如何全域修改特定字串

點選左側工具欄中的「Find and replace」圖示，即可在跳出的視窗中進行尋找與取代功能。

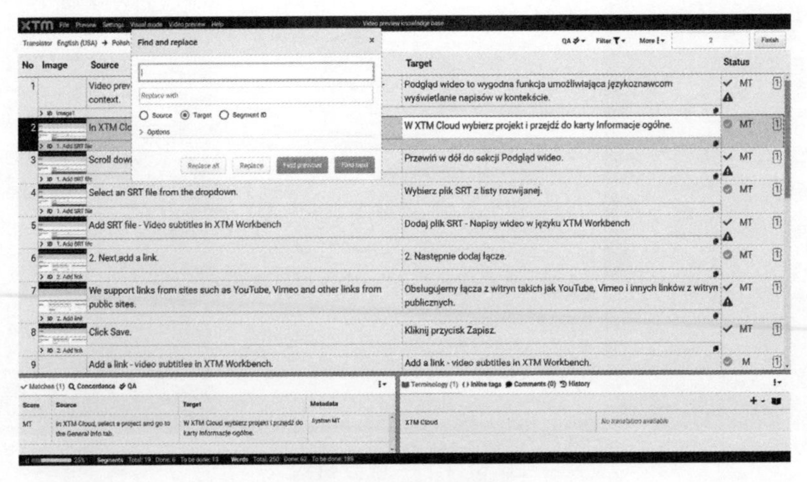

圖 11.6　全域修改

> 如何篩選出特定狀態的字串？

點選左側工具欄中的「Filter」圖示，即可在跳出的視窗中進行篩選設定。

圖 11.7　Filter

> 如何使用原文預覽功能？

點選左側工具欄中的「Preview menu」圖示，選擇所需檔案格式下載後進行檢查，但因非即時預覽，對譯者而言可能較為不便。

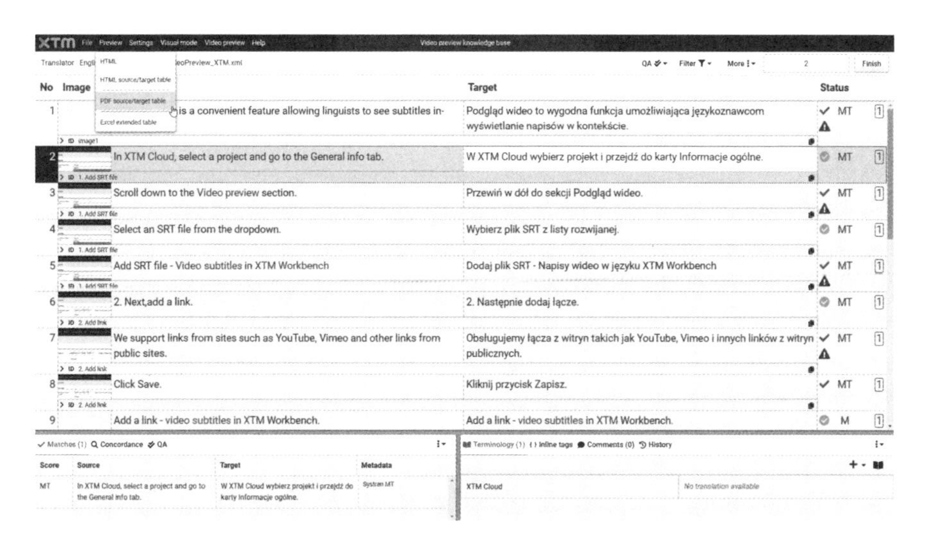

圖 11.8　Preview menu

另外一個可以替代的方案是在建立專案時，一起匯入螢幕截圖，透過圖示與註解幫助譯者能更好的掌握原文脈落。

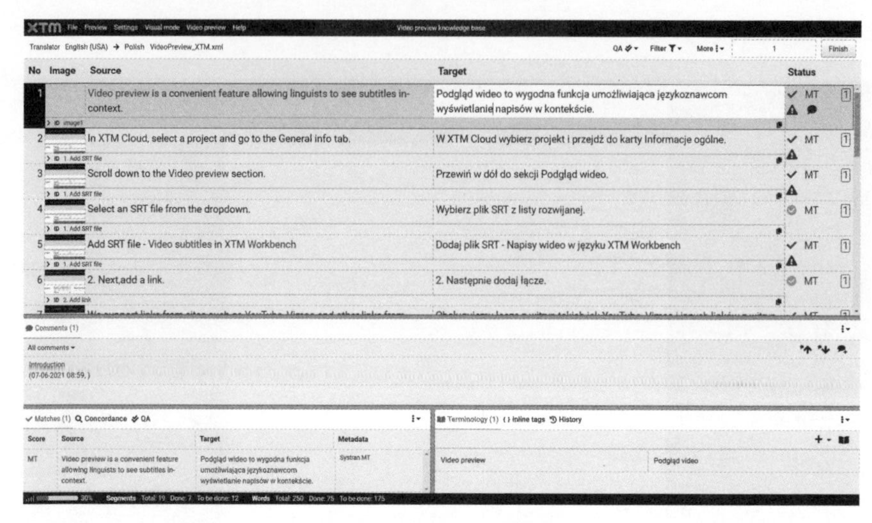

圖 11.9　匯入螢幕截圖

> 如何使用內建翻譯檢查工具？

點選左側工具欄中的「Run QA」圖示，即可使用 XTM 內建的翻譯檢查工具，可以選擇只檢查一頁，或者所有字串，除此之外也可以選擇另外的檢查工具「Xbench」做檢查。

> XTM6：如何搜尋 Termbase

緊接著我們繼續來談 XTM 的術語管理：

在 XTM 中，系統會偵測原文中的詞彙是否有出現於 Termbase 中。若有，則系統會以藍色標註該原文字詞，提醒使用者該詞彙在 TB 中有既定的翻譯。若需要插入該 TB 翻譯，則在該詞彙的 TB 譯文上按右鍵，選擇「Insert into Segment」，該 TB 譯文即會自動取代譯文字串。當滑鼠游標移到該詞彙上時，會顯示更多有關這個詞彙的相關資料。這個功能可協助譯者在翻譯整個專案時，確保詞彙翻譯按照既有翻譯進行，保有一致性。除了在主要編輯區（context menu）中出現以外，使用者也能透過在頂端工具列的「Terminology」上按右鍵，將 Termbase 以新分頁開啟查看。

匯入與匯出術語

XTM 的術語庫不僅是包含術語原文以及術語翻譯，還包含了關於術語原文本身的觀念（Concept）、定義（Definition）、文本脈絡（Context）、圖片（Image）、多語翻譯（Multilingual Translations）以及特別備註。使用者可以利用「Import」分頁，匯入外部來源資料來製作 XTM TB。XTM 可接受的格式包含 XLS、XLSLX、TBX 以及 MLF。XTM 還會儲存術語匯入的歷史紀錄，讓使用者隨時掌握 TB 的修改紀錄。

除了匯入外，使用者可以透過「Export」分頁匯出 XTM 中的 TB ，能匯出的格式包含 XLS、XLSX、TBX 以及 MTF ，將這些 TB 格式匯入至其他 CAT 工具使用。

術語庫管理

使用者可針對 XTM TB 執行新增、編輯以及刪除的動作。

a. 新增術語

若要新增術語，可透過主要編輯區或是從底端的停駐面板（Docked Panel）執行。若是透過主要編輯區，將預備新增至 TB 的原文字詞反白後按右鍵，選擇「Terminology」後再點選「Add term-quick」，並將相對應的譯文輸入至譯文語言代碼的方格中，並在「Status」部分選擇該術語的狀態：Forbidden（禁止）、Not Approved（未允准）、Rejected（拒絕）以及 Valid（有效），最後按下「Save」儲存。如需針對該術語新增觀念描述（Concept）以及備註等詳細資訊，則於「Terminology」後點選「Add term-full」。若是透過底部的停駐面板，則直接按下面板右上方的「+」圖示，並選擇「Add term-quick」或「Add term-full」。

b. 編輯術語

如同上述，使用者仍可透過主要編輯區或停駐面板編輯既有的術語。若是透過主要編輯區，請直接在藍色字詞上按右鍵，選擇「Edit」、修改內容並按下「Update」即可。若是透過停駐面板，則在該術語譯文上按右鍵，選擇「Edit」、修改內容並按下「Update」即可。

c. 刪除術語

使用者僅能透過停駐面板來刪除術語。若要刪除，請到停駐面板的「Terminology」區，於想要刪除的術語譯文上按右鍵，選擇「Open Terminology」，再於底端的「Translations」區域底下的「Status」旁按下垃圾桶圖示即可。

11.2 翻譯記憶（Translation Memory）

由於翻譯的資料相當龐大，更有不少是所謂重複工作的內容，如同樣句型、同樣詞彙等，此時藉由翻譯記憶（TM），將已有的原文與譯文，建立起數個 TM，則在翻譯過程中，系統將能夠依照設定帶入完全相符或近似相符的 TM 並給出其參照譯文給予參考。其好處不僅是可以減省譯者時間，更可以大幅度降低客戶費用，無須再為重複字付出新字原價，對於本地化翻譯公司而言亦可以透過翻譯記憶交換的方式，讓合作廠商、團隊或譯者取得 TM，增進其生產效率。

在翻譯記憶的標準上，主要採用的是 TMX（Translation Memory Exchange format），可讓不同工具間進行 TM 資料上的交流。由於 LISA 於 2011 年結束後，目前版本持續停留在 1.4b 版，其他採用的格式如 SRX（Segmentation Rules Exchange）、或通用性的 XML 格等。

註　釋

1. 王華樹主編，《計算機輔助翻譯概論》（北京，知識產權出版社，2019 年，第一版），頁 315。
2. 王寶川主編，《計算機輔助翻譯》（重慶：重慶大學出版社，2018 年），頁 58。
3. XTM 內容係根據 XTM International Ltd., *XTM User Manual*（London:XTM International LTd., 2020）編寫，圖片取自於 XTM 手冊內容或自 XTM 軟體中擷取。

12

品質確保與 QA 工具使用

12.1 品質確保（Quality Assurance）

品質確保是翻譯當中至關重要的一個步驟。通常我們對於翻譯品質的理解是譯文文法無誤、拼寫與標點符號正確，整體看起來就如同原文所寫一般。但品質確保還有另一項優勢，即是可以確保文本格式沒有被破壞，例如檢測出多餘空格、多餘句號；也可驗證不同語句與翻譯片段間的差異；是否遵循專案詞彙表的要求；以及可查出其他許多未依循譯入語在工作上相關知識要求的任務[1]。

綜合來説，品質確保可針對文字品質、格式、一致性、語料、術語與專案流程等進行一系列的檢核，來確保整體品質。相關的層面與對應使用的工具請參下表[2]：

表12-1　品質確保檢查項目與使用工具

品質層面	檢查項目	技術工具
文字品質	• 檢查錯別字 • 檢查詞組搭配問題 • 檢查文法問題 • 檢查文字重複性問題	• Microsoft Word 的拼字及文法檢查 • 各家 CAT 工具的 QA 功能
格　　式	• 檢查譯文是否符合原文格式 • 檢查譯文是否符合規範 • 檢查字體是否符合規範 • 檢查多餘空格	• Microsoft Word • Adobe Acrobat • 各家 CAT 工具的 TQA/LQA

表12-1　品質確保檢查項目與使用工具（續）		
品質層面	檢查項目	技術工具
一 致 性	• 檢查數字與 Tag 是否一致 • 檢查度量單位與標點符號	• 各家 CAT 工具的 TQA/LQA
語　　料	• 檢查譯文與原文的異同 • 檢查同一原文對應不同譯文 • 檢查一致性問題	• Xbench • TMX Editor
術　　語	• 術語去重 • 檢查原文與譯文的異同	• Microsoft Excel 刪除重複項目或篩選 • Trados 翻譯記憶庫去重功能 • 各家 CAT 工具的術語驗證功能 • Python 的刪除重複項目
專案流程	• 業務－專案、合作廠商資源、財務 • 過程－多工作流協作與互動 • 語言－翻譯、審稿、編寫 • 連通性－與記錄系統的整合 • 監管－商業智慧、分析、過程監督	• TMS

實際上的品質確保應包含在整個公司運作的範疇內，需要另外組建品質確保團隊來負責管理品質確保的內容。但基於成本與規模，除中大型公司會專設團隊營運外，多數公司原則上靠著各單位與 QA 工具輔助來進行品質確保。

狹義而言，品質確保通常指著以運用 CAT 工具的 QA 功能或 QA 工具來進行品質確保，並且在進行品質確保後會出具 QA Report，亦有公司採取的是在審稿後即進行 QA 檢查的工作，一併提具 QA Report。

目前市面大宗的 CAT 工具幾乎皆備有 QA 功能，按下 Run QA 即會看到關於格式、TM、譯文不一致、闕漏、拼字等問題，可以逐一進行對照與修改。常見的 QA 工具，如 Xbench、QA Distiller、ErrorSpy、Html QA 等，開放原始碼的 QA 工具則有 L10N Checker，基本的檢查功能如大眾熟悉常用的 Microsoft Word 也有部分功能。

12.2 QA 工具應用：以 Xbench 為例

由於 QA 工具在使用上差異並不多，在此僅以 ApSIC Xbench 為例，來介紹 QA 工具的具體使用方法：

12.2.1. Xbench 簡介

Xbench 是由 ApSIC 公司所發表的 QA 工具，相對於 ErrorSpy、QA Distiller 等付費軟體而言，Xbench 提供 3.0 版本的付費版與 2.9 版的免費版，操作介面與篩選上，較之其他同類產品在業界有著較佳評價，也幾乎是大多數本地化翻譯公司都會使用的主要軟體之一。

Xbench 不僅可用於專案上的品質確保，更可以對於翻譯譯者個人自己建立一套個人檢查表，來檢視自己常犯哪些錯誤，做為未來的修正。

對於本地化公司而言，通常將其做為 CAT 工具 QA 功能外的二次品質確保，可以針對翻譯文件內部，而不僅僅是客戶所提供的術語表進行對照檢查，通常在這個檢查中仍可以發現與客戶原始提供的術語表中，仍有一些不一致的地方，依此再進行修改後，成為最終提交之成品。

12.2.2 簡易操作

以下我們將根據《Using ApSIC Xbench》的使用手冊[3]，針對 Xbench 3.0 版本的重要功能與操作方式進行簡易說明，如有更多需求或想深入瞭解，可以回到《使用 ApSIC Xbench》或參考 Riccardo Schiaffino 的教學投影片來進一步學習相關操作。

> 定義搜尋專案

方法是選取 [Project] → [Properties]，或按下 F2。[Project Properties] 的對話框會出現，再按一下 [Add] 按鈕將檔案增加到專案中，Xbench 支援常見到本地化翻譯中絕大多數的檔案格式。

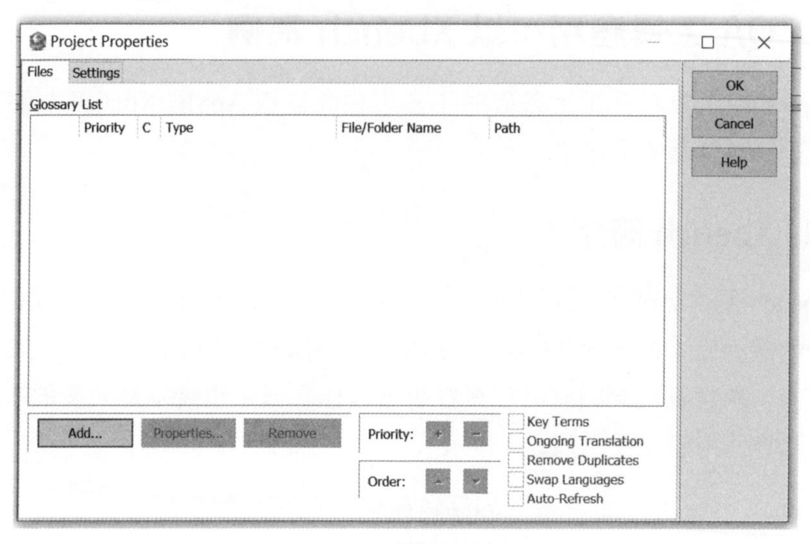
Project Properties
Files
Settings
OK
Cancel
Help
Glossary List
Priority
C
Type
File/Folder Name
Path
Add...
Properties...
Remove
Priority:
Order:
Key Terms
Ongoing Translation
Remove Duplicates
Swap Languages
Auto-Refresh

圖 12-1　**搜尋專案開啟**

Glossary Properties: 會議記錄.docx
OK
Cancel
Help
Tab-delimited Text
XLIFF File
TMX Memory
TBX/MARTIF Glossary
TIPP File
Trados Exported Memory
Trados Exported MultiTerm 5 Glossary
Trados MultiTerm Glossary
Trados TagEditor File
Trados Word File
Trados Studio File
Trados Studio Memory
memoQ File
SDLX File
SDLX Memory
STAR Transit 2.6/XV/NXT Directory
PO File
IBM TM/OpenTM2 Dictionary
IBM TM/OpenTM2 Folder
IBM TM/OpenTM2 Exported Folder
IBM TM/OpenTM2 Exported Memory
Wordfast Memory
Wordfast Glossary
Wordfast Pro TXML/TXLF
Deja Vu X/Idiom File
Deja Vu X/Idiom Memory/Alignment
Deja Vu X/Idiom Termbase
Logoport RTF File
Microsoft Glossary
Mac OS X Glossary
Qt Linguist File
Passolo Glossary
Transifex Project
Matecat Job
Google Polyglot/Translator Toolkit File
Remote Xbench Server
Priority
Low
Mnemonic Processing
None
Flag
Remove duplicates
Do not reload with Refresh (F5)
Ongoing translation
Swap source and target
Key Terms
Auto-Refresh
Comments

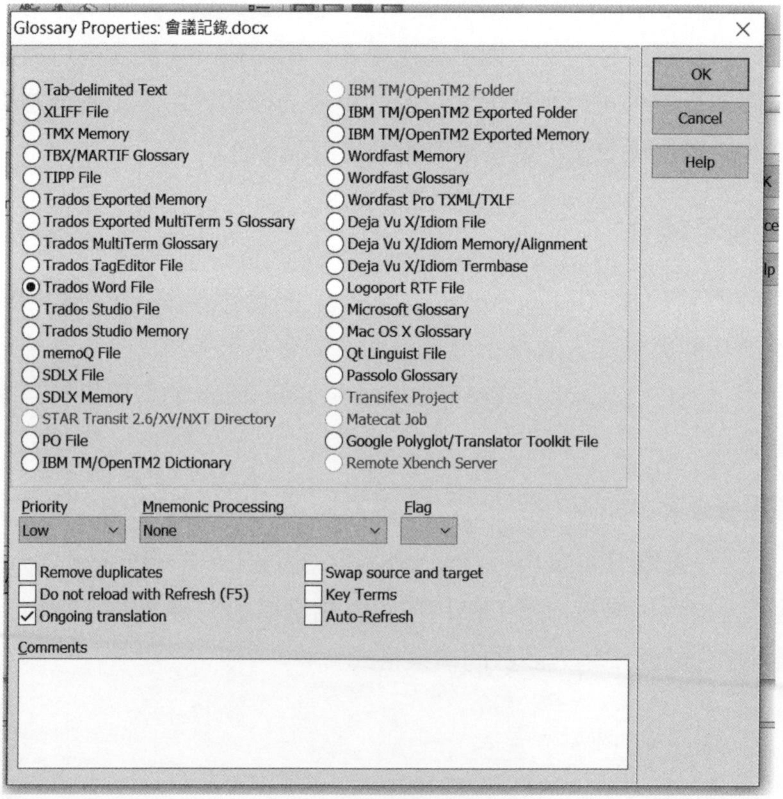

圖 12-2　**選擇加入類型**

> 搜尋術語

如果有安裝在 CAT 工具中關於 Xbench 的外掛時，即可以使用術語查詢功能，可以依照原文詞彙或譯文詞彙分別進行搜尋或一同搜尋。通常情形下，會在需要搜尋之處反白，按下按鍵組合（Ctrl + Alt + Insert）即可查詢，查詢結果顯示三個優先順序區域，一個是綠色的高優先順序，一個是紅色的中等優先順序，另一個是藍色的低優先順序，再依據需求將搜尋到的詞彙貼上。

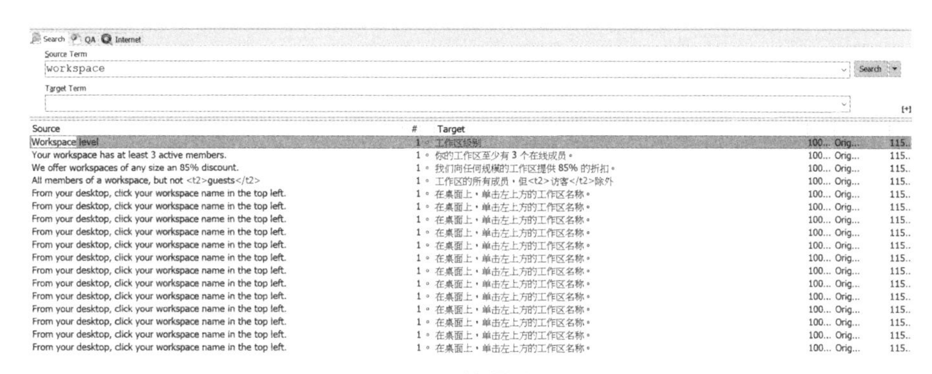

圖 12-3　搜尋術語

> 設定搜尋範圍與忽略標籤

[Search Options] 中 [View] → [Search Options] 可以允許設定搜尋範圍：

- [Only New Segments]：僅顯示非 100% 的配對內容。
- [Only 100% Matches]：僅顯示 100% 的配對內容。
- [Only Ongoing Translation]：僅會顯示專案中被定義為正在進行中的內容。
- [Exclude ICE Segments]：排除 ICE 文字段落，例如排除 101% 配對或 In-Context Match。
- [Ignore Tags]：可以設定需要排除掉的搜尋標籤。

> 品質保證（Quality Assurance, QA）功能

Xbench 的最重要功能也是最為普遍性使用的即是其 QA 功能，可對檔案執行進階檢查。QA 功能通常可以找出：

- 未翻譯的文字段落。
- 譯出語言文字相同但譯入語言文字不同的文字段落。
- 譯入語言文字相同但與譯出語言文字不同的文字段落。
- 譯入語言文字與譯出語言文字一致的文字段落。
- 標記為不一致的文字段落。
- 數字、URL、拼字、標點符號、空格或其他可能歸類為 Typo 錯誤等不一致的文字段落。
- 與術語不一致。

如果需要執行 QA 檢查，可以在 QA 功能使用視窗中的 [QA] 來進行：

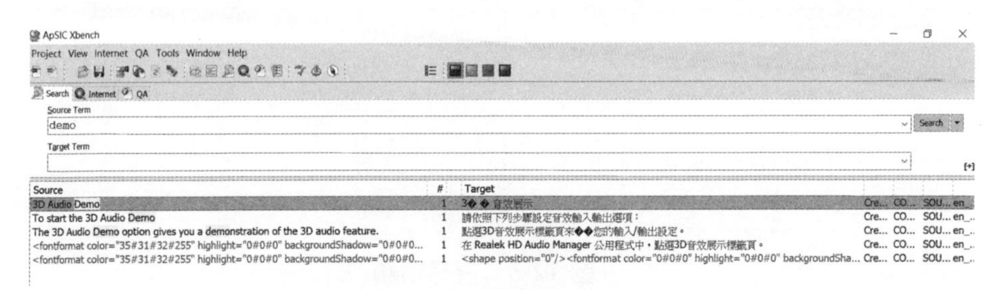

圖 12-4　**品質保證**

- 透過按一下 [Check Ongoing Translation] 來執行在 [Check Group] 和 [List of Checks] 中選取的所有檢查。預設是除了 [Target same as Source] 所有可用的檢查都將會被選取起來。
- 僅執行由專案檢查清單定義的搜尋，方法是按一下 [Run Project Checklists]。
- 僅執行由當前個人檢查清單定義的搜尋，方法是按一下 [Run Personal Checklists]。若要變更當前個人檢查清單，請選擇 [Tools] → [Manage Checklists]。
- 之後可以按右鍵並選取 [Export QA Results] 將 QA 結果以格式：HTML、TXT、Excel 或 XML 等格式匯出。

註 釋

1. Hendrik J. Kockaert, Frieda Steurs, Julia Makoushina, *TRANSLATION QUALITY ASSURANCE WHAT IS MISSING?AND WHAT CAN BE DONE?* (XVIIIth FIT World Congress in Shanghai, 2008), p.1.
2. 管新潮、徐軍著，《翻譯技術》（上海：上海交通大學出版社，2019 年），頁 132-133。
3. ApSIC S.L., *Using ApSIC Xbench*（Barcelona: ApSIC S.L, 2015）.

13

譯後編修

近年來，許多譯者不斷討論人工翻譯是否會被機器翻譯取代，而且對於客戶日漸採用「機器翻譯後人工編修」的作業模式感到氣憤、害怕不已，覺得自己的專業會被時代淘汰。

但在探討這個問題之前，我們應該先理性地瞭解機器翻譯的背景來源以及技術演進，才能真正客觀地分析機器翻譯帶來的優點與缺點，並且如何因應這樣的趨勢。

13.1 什麼是機器翻譯

機器翻譯又稱 MT（Machine Translation），整個翻譯為全自動化[1]過程。有別於以人為主、機器為輔的電腦輔助翻譯（CAT），機器翻譯全程以機器為主進行翻譯，大致上分為規則式機器翻譯（Rule-based Machine Translation, RBMT）、統計式機器翻譯（Statistical Machine Translation, SMT）、範例式機器翻譯（Example-based Machine Translation, EMT）以及神經語言機器翻譯（Neural Machine Translation, NMT）。

以下將針對前述幾類機器翻譯進行介紹：

13.1.1 規則式機器翻譯：以規則為建構基礎的機器翻譯

最早關於機器翻譯的研究有很多基礎論點，而「人工國際語言」（Interlingual Language）論點是其中一個論點。這個概念說明所有的翻譯流程，都是將 A 語言先轉換成一個中介語言，而後再轉換成其他語言。為了解決語言「模糊性」，1950 年代部分學者透過雙語辭典以及轉換規則，以語用學語法為機器翻譯引擎的建構基礎，希望能讓機器執行翻譯作業時，自行依據譯入語的語言特性更動詞序。當時喬治城大學（Georgetown University）研究團隊與 IBM 電腦公司僅透過簡單的字典以及六條文法規則，使用機器將 49 句俄文翻成英文，當時蔚為轟動，不僅向大眾成功宣傳了機器翻譯的「可行性」，更成功吸引更多投入機器翻譯研究的資金。

當時的機器翻譯引擎雖然不完美，但是吸引了更多國家投入此研究。然而，人類語言的規則非常多，不是幾十個規則能夠處理；當規則庫累積的規條越來越多，則會導致系統維護不易，並且降低機器處理翻譯的效能。除此之外，因受限於電腦本身的容量限制，在當時無法給予每一個專業領域相關的足夠且龐大的資訊，對於滿足不同領域或不同法則，會具有一定的難度。更令人困擾的是，如果句子中有一個規則無法判別，則機器會無法翻出整個句子。

13.1.2 統計式機器翻譯：以統計學方式為建構基礎的機器翻譯

1940 年代不僅第一代電腦的開始問世，更是處於美蘇冷戰、各種語言學相關學說蓬勃發展的時代[2]。在戰爭時期，為了能更快解譯外文，研究員將當時有大幅進展的密碼學科應用在機器翻譯中，將外文當作加密的密碼來解譯。

被後世譽為機器翻譯之父、同時也是數學家的 Warren Weaver 提到，每個語言的語言界線（Boundaries of Words）[3] 具有模糊性[4]。例如：「Fast」這個字可能指「快速」，但也有可能指的是「禁食」，也因為這樣的特性，讓想以機械化方式（Mechanization）建立機器翻譯引擎的研究團隊，遇到很大的瓶頸。

Weaver 認為語言本身就有內建的邏輯，就如同密碼學一樣，語言轉換的過程就像是一種將符號加密以及解密的過程。因此，他認為應將數學邏輯的概念套用在機器翻譯上，而這個理論也成為統計式機器翻譯（Statistical Machine

Translation, SMT）的發展基礎。統計式機器翻譯導入「平行文本」（Parallel Text）的概念，將大量的雙語文本語料（Bilingual Text Corpora）以及單語文本（Monolingual Corpora）導入到電腦中，並使用統計學的運算式分析語料庫，採用自然語言處理法的 N 連詞（N-Gram）模型建構翻譯模型。雖然邏輯分析無法解決所有的自然語言，但是可以解決大部分的語言問題。有別於上述以字對字（Word-for-Word）方式建制翻譯模型的規則式機器翻譯，統計式機器翻譯依靠大量的語料輸入以及自動或半自動的統計方式計算相鄰詞組出現的頻率或機率，來建構正確的翻譯模型，也就是從機器生成的多種可能翻譯中，挑選出最佳的翻法，這個以數學統計為導向建構翻譯模型的方式，一直到現在都成為目前學者研究的方向。

13.1.3 範例式機器翻譯：以範例為導向的機器翻譯

統計式機器翻譯雖然選出最佳的詞組翻譯，但是需要變化詞序時就會遇到問題，而這時候範例式機器翻譯可以藉由「對比」（Analogy）的方式，來協助統計式機器翻譯解決可能的詞序問題。範例式機器翻譯以搜尋原文中的句子片段，套入到現成的雙語語料庫分析比對找出所有相似的原文片段，進而找出相似原文片段的對等譯文（Equivalence），最後系統再嘗試將找到的對等譯文結合成正確的翻譯。假設我們要翻出「I'd like to sing in the school.」，範例式機器翻譯會找出以下幾個相似的原文片段，找出對等的翻譯句子，例如：

表13-1　範例式機器翻譯例句

範例一	I'd like to be a good girl. 我想要做個好女孩。
範例二	I'd like to accept this offer. 我想要接受這個條件。
範例三	I am about to sing in the school. 我將要在學校唱歌。
範例四	John is going to sing in the school. 約翰將要在學校唱歌。

藉由四個範例，系統可以不需要建置多個文法規則或字典資料，也能將譯文正確地翻出「我想要在學校唱歌」。然而，這樣的機器翻譯模型確有其限制：若機器無法從一系列的範例中判別出翻譯段落，則系統無法產出翻譯。另外，這樣的機器翻譯模型也必須要建構在分析與儲存大量的語料，因此電腦的儲存容量也是一大難題。雖然如此，範例式機器翻譯的精準特性搭配統計式機器翻譯的統計邏輯，卻還是能夠提升整體的翻譯品質，而目前的範例式機器翻譯模型也常應用在較複雜的翻譯系統中。

13.1.4 神經語言機器翻譯

神經語言機器翻譯的原理建基於新型的統計式學習技術，又稱「深度學習」（Deep Learning）或「階層式學習」（Hierarchical Learning）[5]。前述所提的機器翻譯模型都是需要透過人工介入來建立模型的基礎架構以及規範，但是神經語言機器翻譯模型能透過給予基本的材料，藉由類似人類大腦的階層式與對比學習各種資料，讓系統習得「推估」（Infer）的能力，進而在複雜的環境下推估最佳翻譯。本機器翻譯模型初期主要依賴於遞迴神經網路（Recurrent Neural Network, RNN）與卷積神經網路（Convolutional Neural Network, CNN）這兩種類神經網路架構，並將翻譯程序簡化成只要有編碼器（Encoder）與解碼器（Decoder），中間放置類神經網路的注意力模型（Attention）即可處理編碼到解碼之間的程序。但這類的機器翻譯模型會因為翻譯語言的詞彙以及文法結構的問題，導致輸出的翻譯有文法不通順以及詞彙無法對齊的問題[6]。因此，Google 團隊近年來提出直接在編碼器與解碼器上面放入注意力模型，效果非常顯著[7]，詳細使用狀況可參考目前的 Google Translate 翻譯引擎。整體而言，本機器翻譯模型相較於之前的翻譯模型，輸出的翻譯品質明顯在各方面變得很好。以 DeepL 網站為例[8]，將遊戲文本以及較複雜的論文文本放入網站上分析並翻譯，可發現此機器翻譯模型處理複雜的文法句構能力已經提升了不少。

雖然導入類神經語言學習的方式，讓機器翻譯的能力大幅提升，但是這類翻譯模型仍有其限制。以下為學者史宗玲所整理出的神經語言機器翻譯與統計式機器翻譯之間的英翻中差異一覽表[9]：

表13-2 統計式與神經機器翻譯系統的差別（以英翻中為例）		
英語	統計式 MT 系統	神經 MT 系統
多義詞	×	視情況而定
文化習語、術語、專有名詞（人名、地名、物名等）	×	×
動詞片語	×	視情況而定
動名詞	×	○
介詞片語	×	○
關代子句	×	○
附屬子句（語序）	×	○
表位置或時間的介片語序	×	○
將一長句拆成兩個短句	×	視情況而定

從上表並對照 DeepL 網站的例子，神經機器翻譯模型的確在處理複雜的附屬子句以及其他文法句型而言，提升了機器翻譯的準確度。

綜觀以上機器翻譯研究的演進，我們發現機器翻譯雖然尚不完善，但是讓機器成為人類翻譯的助手的確是可能的，而且除了不斷改善機器翻譯的原理或讓不同模型相互搭配之外，還能透過以控制性語言書寫譯出語文件的方式，限制原文的詞彙範圍以及句子結構，讓機器翻譯減少處理自然語言模糊性的時間，讓翻譯輸出的品質更好。

13.2 控制性語言（Controlled Language, CL）

控制性語言即是透過規範性寫作來改變自然語言，將語言簡化成某些固定形式的句型以及結構，提升譯文的可讀性以及可理解性（Comprehensibility）。這種方式尤其常用於技術文件上。以控制性英文而言，其具有以下數種書寫特性[10]：

表13-3　控制性語言特性	
子類型	說　　明
詞彙使用	• 僅能使用字典出現的詞彙，且須具有詞性。 • 避免使用縮寫（Abbreviation）以及字母縮略字（Acronym）。
拼寫規則	• 使用標準拼寫規則。
同義字	• 避免使用同義字，也就是請勿用不同的字來闡述相同的觀念。
代名詞	• 避免使用代名詞，特別是沒有特別的指涉內容。
對等連接詞	• 避免模糊的對等連接詞。
動詞	• 避免使用現在分詞。 • 若是動詞片語，請一律將動詞寫在分詞旁邊。 • 若是過去分詞，僅能做為形容詞使用。
文法一致性	• 確保主詞與動詞的文法一致，例如：I am/You are/He is/She is。 • 確保冠詞與名詞的用法一致。
重複字句	• 非必要請避免使用重複字句。
修飾詞	• 確保修飾詞放置的位置能清楚明白的標示出要修飾的字句。
副詞	• 確保副詞直接修飾動詞。 • 形容句子的副詞，請務必放在句首。 • 避免使用 thus、hence、so 以及 as such 這類的連接副詞。
省略符號	• 避免使用省略符號。
介係詞	• 使用單個字的介係詞，例如：on、at、in。
時態	• 使用簡單的時態，包含現在簡單式、過去簡單式、不定詞、祈使句和未來式。例如： • I work at this company. • Emily Dickinson wrote this poem in 1951. • Do not litter. • I will arrive at the United States next Monday.
語態	• 僅使用主動語態。
標點符號	• 避免使用分號來隔句，例如：I work at this company; do you want to join this project? • 避免在單詞或縮寫中使用標點符號，例如：corp.、mic。 • 避免以斜槓隔開兩個單詞。
修辭	• 避免隱喻、俚語、行話或嘲諷。

但進一步而言，如果要能夠在機器翻譯上的輸出得到較為明確的成果，可能必須往句構更為簡潔的 S+V+O 架構入手，即更能降低機器翻譯在語句模糊性上的錯誤，以下以採用控制性語言文本的機器翻譯輸出的翻譯範本為例句：

表13-4　控制性語言例句	
If you wanted to use the HDMI connection again, you could unplug the HDMI connector from your hub, then plug it back in.	如果想要再次使用 HDMI 連線，可以從集線器拔下 HDMI 連接器，然後再重新插入。
Use HDMI if you have a choice.	如果可以選擇，請使用 HDMI。
Transfer large files to a USB flash drive or hard drive, connect a USB printer, mouse, keyboard and more.	將大型檔案傳輸到 USB 快閃磁碟機或硬碟，連接 USB 印表機、滑鼠、鍵盤等。

13.3　譯後編修品質確保

譯後編修亦是要進行品質上的確保，特別是對於仍在發展時刻需要修正的過程中，品質確保的環節也越形重要。對此，不少學者與翻譯自動化使用者協會（Translation Automaton User Society, TAUS）提出了相關的標準如下[11]：

表13-5　譯後編修標準比較表

譯後編修完整版	TAUS（2016）	O'Brien（2010）	Flanagan & Christensen（2014）	Mesa-Lao（2013）	Densmer（2014）
正確性	TT 與 ST 所傳達意思一致	重要	重要	-	完全正確
術語	關鍵術語正確	關鍵術語正確	關鍵術語正確	針對任何不正確的詞彙皆套用術語資料庫所使用的詞彙	一致與適當
文法	正確	準確	正確	正確	正確
語義	正確	-	正確	正確	正確
標點符號	正確	符合基本原則	符合基本原則	-	正確

表13-5　譯後編修標準比較表（續）					
譯後編修完整版	TAUS（2016）	O'Brien（2010）	Flanagan & Christensen（2014）	Mesa-Lao（2013）	Densmer（2014）
拼　字	符合基本原則	符合基本原則	符合基本原則	-	正確
句　法	普通	-	正確	-	依據 TL 習慣而妥為調整
風　格	適切	忽略風格上與文字上的問題	-	不具重要性	一致、適當且流利
重　組	-	-	語言適當時則非必須	句子語意正確時則非必須	重新改寫語意不清句子
文　化	必要時進行編修	必要時進行編修	必要時進行編修	-	應適應所有文化參考資料
資　訊	完全傳達	完全傳達	完全傳達	-	-
格　式	正確	目前所有 Tag 都在正確的位置上	確保目前與 ST 的 Tag 都在正確的位置上	-	正確（包含 Tag 處理）
其　他	基本規則適用於連字；人工翻譯品質	基本規則適用於連字；高產量預期；中等品質預期	盡可能使用原始機器翻譯產出內容；確保無需翻譯的術語是屬於客戶的「毋庸翻譯」清單之中	只要是正確即無須改換；接受重複性的機器翻譯產出內容	完全忠於原文文本；修正機器翻譯錯誤；刪除多餘或額外的機器翻譯內容；透過參考其他來源來交叉比對翻譯；人工翻譯品質

從表中我們可以充分理解，譯後編修的規則在大多數上與一般人工翻譯審稿規則差異不大，比較值得注意的是 O'Brien 所提出譯後編修應該是一種高產量預期，但中等品質輸出的翻譯，而非追求人工翻譯同等的品質。這樣的理念，是比較符合未來的趨勢。

目前越來越多本地化翻譯公司，甚至是雲端服務公司大量投入機器翻譯以及譯後編修行列，其準則也逐漸在形成之中，此將對傳統翻譯構成強大挑戰，瞭解並儘速運用絕對有其必要。

13.4 機器翻譯的現況與未來展望

依據 2020 年 Nimdzi 報告[12] 指出，從 2019 年開始，大型公司開始增加機器翻譯後編修（Machine Translation Post-Editing, MTPE）的工作，越來越多的本地化翻譯公司不只需要譯者會翻譯、審稿，更希望譯者要有編修機器翻譯的能力，如 SDL 公司（現已與 RWS 合併）還因此為機器翻譯後編修開設線上訓練課程以及認證考試。

機器翻譯的確可以藉由研究與技術來修正輸出的翻譯品質，但是目前的機器翻譯還是會依據原文本身的書寫複雜度、領域主題、寫作目的和受眾的不同，而有不同的輸出品質，因此需要人工翻譯來修正。

舉例來說，相較於原文句構重複性較高且寫作方式較一致的技術文件，文章靈活度較大、喜歡玩弄雙關語的廣告內容以及行銷相關文件較不適合使用機器翻譯處理。除此之外，以下三個要點也會影響機器翻譯的品質：「語料庫、機器翻譯引擎，以及評估機器翻譯品質的機制。」[13] 語料庫是機器翻譯的核心，若語料庫的語料在收集、準備以及清潔的環節中出了任何問題，都會導致翻譯品質不如預期。

但隨著近年來科技的飛快成長，市場上對於機器翻譯的技術顯得越來越有信心，已與數十年前大不相同，而機器與人力「協作翻譯」[14] 模式，已然是業界不能抗拒的洪流趨勢。以目前 Amazon Translate 為例[15]，其已推出以處理的文字字元數量來付費的服務，每個月最多能翻兩百萬字元，定價則是以百萬字元為單位，就標準翻譯的價格為 15 美元 / 一百萬字元，對於人工翻譯的市場而言的確衝擊頗大。但相對地，關於資料處理、資料分析研究、擅長使用各種譯後編修的職位正不斷大幅成長中。

對於譯者而言，能做到的除了是在專業領域上繼續建築自己的不可取代性，更加要緊的是適應並學習機器翻譯與譯後編修的相關流程、標準與操作工具，這方能使自己立錐於未來更加挑戰的市場之中。

註　釋

1. 李萌濤著，《計算機輔助翻譯簡明教程》（北京：外語教學與研究出版社，2019 年），頁 1。
2. Thierry Poibeau, *Machine Translation* (Massachusetts Institute of Technology, 2017), p.48-51.
3. William N. Locke and A. Donald Booth, *Machine translation of languages: fourteen essays* (New York: Technology Press of the Massachusetts Institute of Technology, Cambridge, Mass., and John Wiley & Sons, Inc., 1955), p.15-23.
4. Thierry Poibeau, *Machine Translation*, p.57.
5. Thierry Poibeau, *Machine Translation*, p.181
6. 楊芷璇著，《基於注意力之英中對譯係統》（桃園：中央大學資訊工程學系學術論文，2018 年），摘要。
7. 詳細請參閱 https://ai.googleblog.com/2017/08/transformer-novel-neural-network.html。
8. 請參閱 https://www.deepl.com/home。
9. 史宗玲著，《翻譯科技發展與應用》（臺北：書林出版社，2020 年 11 月），頁 39-40。
10. Sharon O'Brien, *Controlling Controlled English An Analysis of Several Controlled Language Rule Sets.* Proceedings of EAMT-CLAW, 3 (European Association for Machine Translation, 2003) p.112-114.
11. Ke Hu, Patrick Cadwell, *A Comparative Study of Post-editing Guidelines* (Latvia: Baltic J. Modern Computing, Vol. 4 , No. 2, 2016), p.350.
12. Sarah Hickey, *the 2020 Nimdzi 100* (Seattle: Nimdzi Inc., 2020), p.33
13. Capita Translation and Interpreting, *CAPITA-IT-Machine Translation Whitepaper* (London: Capita Translation and Interpreting Inc., 2014), p.6.
14. 史宗玲著，《翻譯科技發展與應用》，頁 29-30。
15. 請參閱 https://aws.amazon.com/tw/translate/pricing/。

14

翻譯管理系統

14.1 翻譯管理系統簡介

除了 TB、TM 與各樣 CAT 工具外，對於整個本地化翻譯最為重要的莫過於翻譯管理系統（Translation Management System, TMS）。它能幫助使用者對於各進度進行追蹤、確保交件日期、審視文檔狀況、排定各進度的優先順序、修訂日期、調整項目等，讓各個協作的團隊或部門間有所交流，並將主要資訊統合，降低人事管理的負擔，讓專職譯者與審稿者都能更有效率地專注在自己的工作上，進而提升管理的品質。

除專門的管理系統外，不少翻譯輔助工具如 Trados、MemoQ 也是有自己的基礎管理功能存在。但目前較大型的 LSP 公司幾乎都已經開始使用自己研製的系統來進行管理，並且與更廣泛的進銷存系統、會計系統以及其他開放 API 有所串接，目前業界的主流已從另外裝載於本機的軟體開始，逐漸走向網頁式線上操作為主的方式，亦即從 C/S（Client/Server）走向 B/S（Browser/Server）的架構[1]。

更進一步言，各家 TMS 實則各有所長，如 Synergy 以語言處理較佳、AIT Projetex 可以整合其他資源上的管理，因此在投入前，必須要先掌握好自身公司的業務偏向與未來發展。當然亦可以某些範本為主體進行自研開發，也可以運用類似 JIRA、Mozilla 的 Pontoon、GlobalSight 等開源軟體。

也可以運用目前幾家已經行之有年，適應於中、小型本地化公司的產品，雖然不一定是純粹的 TMS ，但其優勢在於結合了部分 ERP 系統的功能，如資源安排和 PO 系統等，可省去大規模的開發成本，並且採用網頁版運作，相當方便，常見的如 Plunet、Protemos、XTRF 和 TranslationProjex。

14.2 翻譯管理系統的常見模組功能

目前主要的模組有以下各類：

14.2.1 語言處理

這類與 CAT 工具有著高度相關，例如可以自訂一些規則或運用既往的 TM，也可以進行預翻、分析、統計或 QA 上的功能，節省重工的成本與時間，也對於研究或檢討過往案件狀況提供良好的依據。

14.2.2 業務分析

該模組會提供 PO 資訊、任務資訊、發票、報價、幣別計算、成本、時間等相關功能。主要可以提供專案管理師對於一件專案開啟時有比較具體且合理的評估，並再依據自己的專業去制訂較為審慎的報價；在團隊選定與執行專案時，能夠比較有效率地去控制成本與確保預算範圍。如進一步串接會計系統，則將可進一步降低總結的時間。

但值得注意的是，由於目前專案與過往內容未必高度重合，特別是客戶提出以小時、頁數或整包報價時，請專案管理師務必與業務經理進行詳細確認，審慎制訂合理報價，以免最終面臨預算爆表或利潤不足的窘境。

14.2.3 流程管理

可依據狀況需求制訂不同的流程，如純翻、純審、TE、TEP 或加上需要 DTP 的專案，專案管理師可以設定多種情境流程來靈活運用，無須每次都要重新創設，而能反覆使用。當然，如果對於流程內容需要調整時，也可以跳過或增加不同的環節。

14.2.4 專案監管

發展多語向的專案，往往極為龐大，各語向交回時間不盡相同，因此專案監管的模組功能則針對所有進度進行監視與管制，可以一目瞭然地知道翻譯進度、各樣工作情況與即將來臨的各樣期程。這將使得專案管理師在管控各團隊時程與進度時不容易遺漏，並且能充分安排人力資源與調配時間。

14.2.5 人事管理

人員管理系統分為對內部人員、合作團隊與供應商，以及客戶的管理。管理者可以針對系統內的資料來理解例如哪些譯者處理過的專案與過去表現的分數狀況，來安排或決定其是否得以適任所欲安排的專案；亦可以看出供應商過去表現的狀況，例如 QA 團隊給予的評價、遲交狀況、能提供的服務內容等；並可以查詢客戶的基本資料、報價、過去的付款情形等資訊，以利綜合判斷。

14.2.6 溝通管理

目前 TMS 幾乎都附有該模組的功能，簡單而言，制訂一定的流程或開啟專案後，系統會自動透過 Email 發信給內部在管理權限上符合的各人員；如果有任何提問、付款通知等，也都能以最即時的方式，透過系統的訊息來向負責人員提醒。這從而降低了內部溝通的成本，也避免信件每一封單獨寫作漏寄或漏信的情況，更能及時有效地回覆具體提問。

但目前實務上，各地區都有習慣的社群軟體，如 Skype、WeChat、LINE、Slack 等，譯者與合作團隊也不見得會願意採用 TMS 上的系統來進行溝通，因此未來比較可行性是在開發 TMS 時，保留與這些軟體互相溝通的 API ，來提升彼此交流的可靠性。

14.2.7 財務管理

越來越多的 TMS 已經具有相當 ERP 的功能了，特別是跨國業務之下，開立 PO、匯款轉帳、會計稅務變得越來越複雜。因此，妥善管理現金流相當重要，專案管理師請儘量不要將責任或信賴完全交給會計團隊，對於應該即時開立的 PO、請款單與供應商請款等，應在能力範圍內加以協助，並妥善運用

TMS 中的財務管理系統來進行處理。

對於同時使用 TMS 與 ERP 的公司，非常建議將兩者儘量整合於一個系統，而減少對接的情況，並將盡可能使用線上系統，以因應時代需求的變化。

14.2.8 應用擴充

透過 API 去整合其他如會計系統、網站資料與客戶系統等，以增強系統本身的對外性。基本上在開發時，除留下足夠開放的架構與高度的兼容性外，應該妥善考量公司既有的其他系統與客戶主要 API 這兩個發展面向，如已經開始使用以 Web 服務為主的公司則應該進一步將功能整合進來，但請注意的是擴充雖使得便利性質不斷提升，但相伴而來的資安問題與資料外洩等問題將是值得亦應關注的重點。

14.2 各家 TMS 介紹

TMS 與 CAT 工具一樣，是一個龐大的戰國市場，每家各有勝擅，但大致上可以分為幾類型：C/S 的傳統系統、B/S 的網頁系統與開源軟體。以下將針對這三大類型各舉一例，做為介紹。

14.2.1 傳統 TMS 的代表：WorldServer

WorldServer 由於因為 SDL（現已與 RWS 合併）旗下的各樣軟體市占率不錯的優勢下，而成為商業化翻譯管理系統中的翹楚。其優勢在於能整合組織檔案、整合 XML 儲存庫以及其他關連性資料的系統，也開放其他連結，導入並整合更多資料，也支援二次開發（如 Filter 、Automatic Action 、Adatper 等），算是 TMS 中老牌又穩定的軟體。

WorldServer 也提供強大的 TM 功能，並對於已翻譯文句能夠集中比對、搜尋與管理；在 TD 方面，對於專業詞彙、商標名稱、片語等亦能夠使翻譯保持一致性。在減省時間方面，由於可以對文件進行預翻動作，使得翻譯時間將大幅降低；在顯示上，可以輕鬆閱覽翻譯內容在上下文中的顯示狀況，使得審校品質上升。WorldServer 跟自家的 CAT 工具如 Trados 可以無縫接軌，也因此比較不會有管理系統歸管理系統、工具歸工具的現象發生。

WorldServer 與其他開源式的軟體不同，不用自己再去寫程式腳本，而是運用比較直觀的圖像式操作，用拖曳方式將整個自訂的工作流程組合完成，簡化整體的操作難度，只要有短暫教學經驗就可以輕鬆上手。如果對於所訂的工作流程滿意，也可以留下做為未來標準流程之一繼續使用。

WorldServer 初始開展成本不高，可以享有軟體即服務（SaaS）的模式，當業務或經營有所變化時，可以切換為現場版本，對於企業自身的掌控與成本管理有優勢存在。

14.2.2 開源軟體的代表：GlobalSight

GlobalSight 是一個在 Apache 授權條款下的開源軟體，它的起源歷史相當的早，早從 1997 年即存在，輾轉經過多次收購後，由 Welocalize 所管理，目前已經是網頁版的 TMS 了，主要的功能有：

- 可自訂的 CMS/VCC。
- 可以使用 SmartBox、Web 或 API 橋接來創設翻譯工作。
- 自動化工作流程。
- 語言資產集中化。
- 可高效率地進行翻譯與審稿。
- 機器翻譯。
- 進行報告。

其他的功能還可以處理 DTP 專案與 LSO 審查，並有部分的 TM 與術語管理功能，比較不足的是有關 ERP 軟體的整合功能，如財務與人資的功能，但其開源特性，能夠有足夠靈活的調整運用，是其重要的特色。

14.2.3 純網頁版的 TMS：Translation Projex

Translation Projcx 以下簡稱 TP ，不僅有完整的 TMS 外，更可以橋接其他軟體，如儲存文件的 Dropbox、GoogleDrive 等；也可以與 Memsource、MemoQ 等 CAT 工具橋接；更可以橋接會計軟體如 Xero。並且其除 TMS 外，還附帶 CRM 功能；畫面簡潔，直觀漂亮，更重要的是在價格上與其他 TMS 相比，相當具有競爭力。

以下針對 TP 來進行簡單的介紹，只需要網路和帳號密碼即可連線。以下將依序介紹 PM 和譯者各自擁有的權限。

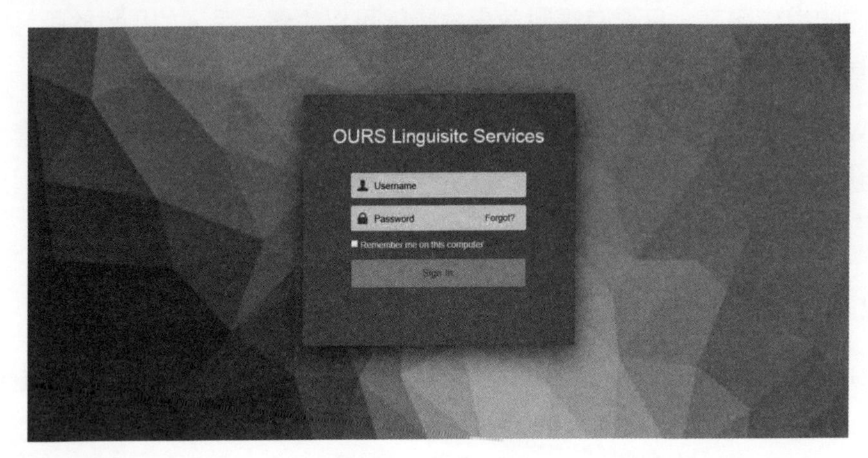

圖 14-1　登入畫面

> **PM 權限**

在 PM 登入後看見的介面可區分為三塊：最上方的功能圖示及下拉式工具列表、中間切換分頁的功能圖示，以及最下方的主要畫面。

a. 常用基本功能

- Resource Availability：按一下可以看見每位譯者的狀況，包含手上目前是否有專案、專案期限到何時、譯者翻譯的語言項、翻譯費用，其中 Rating 是指該譯者最近一次專案翻譯完成後，審稿者給他的翻譯評分。也能直接在「Resource Name」中搜尋譯者名字，勾選後點選信件圖示即可寫信給該譯者。「Search Service」中可以搜尋翻譯語言項，例如：想從英文翻譯成泰文，則輸入「EN>TH」。
- To Do List：代辦事項。被指派的任務會自動出現於清單中。
- Alerts：請假單若有順利送出，此處會出現通知。
- Edit Profile：可以修改名字、電話、信箱等基本資料，其中「個人簽名（User Signature）」通常會放上公司的名稱、地址、電話、通訊軟體帳號等，之後利用此系統發發案信時，信件底部便會自動加上個人簽名，以辨別是哪一位 PM 發送的。

– Availability：PM 個人的日曆，若需要請假，點選 [Request Leave]，即可在跳出來的視窗中選擇請假時間與理由，完成後點選 [Save]，請假的需求就會傳到人資處，人資批准後就會呈現在 [Company Calendar] 中。
– Company Calendar：可以看見各個譯者正在執行什麼專案、進行什麼類型的休假以及每位譯者尚可接取的案量空間。
– My Dashboard：可以看見自己請了哪些假。
– Email Logs：登入紀錄。
– Absences：查看公司內部的休假狀況。
– 「Home」> [My Tasks]：To Do Tasks 在許多 TMS 上都有。此處可以點選 [Add Task]，在跳出來的視窗中描述任務和設定截止日期，同時可以指派給自己或其他人，類似電子便利貼的功能。To Do Tasks 右方有「編輯（Edit）」、「標示為已完成（Mark as Completed）」和「刪除（Delete）」三種功能圖示，須注意的是若標示為已完成，則該代辦事項就會消失，不會留紀錄在系統上。代辦事項也會出現在上方的 To Do List 圖示中。
– 「Home」> [Out Of Office]：TP 除了是發案系統，也結合了公司內部個人資料管理，此功能可以讓公司同仁看到彼此的請假狀況，方便彼此支援。
– 「My Projects」：底下有不同交稿期限的篩選條件，幫助 PM 掌握近期有哪些專案即將交稿。
– 「Resources」：PM 收到案子以後，到「Resources」中的「All Resources」可以看到所有譯者，右上角的 [Filter] 可以填入一些篩選條件，例如要翻譯遊戲，便可以在「specialization」中填入「game」，即可找到通過遊戲類翻譯測試的譯者。每位譯者右方都有 [View] 的功能圖示可供 PM 進入查看譯者詳細資訊，包含該譯者做過的所有專案、過往專案評價、行事曆，提供給 PM 參考此工作指派給這位譯者是否恰當。

b. 建立專案

– [Home] > [My Projects]：點選 [New Projects]。填寫基本資料，完成專案架構，其中需注意的是 TP 內建的儲存空間僅有 5GB ，但其功能強大之處在於可以和 Dropbox 或 GoogleDrive 橋接，所以建議 PM 可以在預設雲端儲存空間（Default Cloud Storage）此處更改為想要的系統。完成設定後點選最下方 [Save Project]。

c. 建立 Client Project

每個 TMS 通常都有個概念是他們在建立專案時，都會建立一個 Project Overview ，這是一個專案的架構和空間，接下來就是要建立 Client Project 以及 Resource Job ，如同一個盒子已經準備好，接下來就是要擺進內容物，包含專案的字數、特殊指示等。建立 Client Job 的目的是為了得知此專案的獲利。

點選 [New Client Job] ，設定翻譯語言項、字數或其他計算方式，其中有一種是 CAT Count ，此處可以在視窗最底下的「Select CAT Tool」> [Import file] ，匯入 CAT Tool 字數統計結果，亦可以手動填入，通常機器翻譯的字數會填入「XTranlated」的欄位中。當字數都填寫完成後，最下方會出現兩個 Total word count ，左方是指總字數，右方是指加權後的總字數，最後會出現在 Client Job 中的是加權數字。

計算價格的方式有三種：第一種，論字計酬，此處通常公司都會設定好協定費率（Agreed Rate），點選後就會自動填入費率，系統也會自動算出價格總額，並以粗體字列在右方；第二種，按件計酬，此情況就在 Fixed Amount 欄位中填入專案總額；第三種，免費或內部專案，例如：客戶不付費的測試稿。客戶名稱通常會跟著之前選的名稱，所以不用更改；專案的起始和截止日可以打字輸入或者點選旁邊的月曆功能圖示選擇時間，以上都填寫完畢後，其餘沒有填寫也無妨，點選 [Save] 後即產生 Client Job ，接著此 Client Job 需指派（Assign）給譯者和審稿人。

d. 建立 Resource Job

點選 [Assign] 後，會出現「Resource Job」的視窗，此處的操作近似於「Client Job」，PM 只需選擇好語言項、譯者、計價方式（此處若是以字數計價，點選 [Agreed Rate] 一樣會自動產生當初譯者和公司談好的費率）、起訖日期以及「Notify on upload」中的審稿人即可，貨幣的選擇通常會跟著所選譯者而自動調整，不必特別更動。當譯者上傳完成稿件時，TP 就會自動通知審稿人。

Comment 中 PM 需給予工作指示，此處翻譯公司應會提供範本讓 PM 遵循。最後就是要上傳檔案，在 Files 中可以選擇從系統或者 Dropbox 中上傳，確認無誤後，即可點選 [Save and send PO] 將專案發派出去。發派成功後，底下的「Paperwork」便會出現紀錄，PM 可以再通知譯者已在他的 TP 上派案了，並且提供譯者 Task Code。

e. 建立 PO

通常即使工作指示是一樣的，PM 仍然會給譯者一人一個 PO ，以避免有譯者被遺漏。在「Project Tasks」中該任務的右方有個下拉式選單，選擇 Copy Job 可複製工作內容，複製完的工作會出現在最底下，PM 再進入稍做修正即可儲存並派發給另外一位譯者或審稿人，建議 PM 複製後立即進行修正，避免之後遺忘而造成數據錯誤。

TP 寄送的發案信件會包含公司名稱、工作類型、語言項、專案編號、專案名稱等 PM 在 TP 中設定好的專案內容。

若一位譯者接了許多案子，PM 不想一天寄太多 PO 給他，可以選擇先把設定完的 PO 儲存起來，最後再選擇「Paperwork」中的 [Create PO] ，一次將他多個專案建立成一個 PO ，再一次寄送。

若 PM 發現字數有誤，需修改 PO ，則可以到 Paperwork 中點選 PO Code 展開之，再點選編輯圖示進去修改，儲存修改後不只 PO 上的資訊會被修正，Resource Job 中的資訊也會自動修正。

f. 接收譯稿，完成專案

譯者交檔後，PM 會收到 Email 通知，譯者上傳的檔案也會出現在 TP 的「Project Files」中（若一開始 PM 預設的路徑是 Dropbox ，則檔案會自動上傳到 Dropbox）。

翻譯完成後，檢查翻譯的審稿人會給譯者評分。在「Project Tasks」中該任務的右方有個下拉式選單，選擇 Rate Job 後可在跳出來的視窗中給予評分與回饋。PM 這邊記錄譯者表現後，就能在「Overview」中按下 [Complete Project]，Project Status 就會由 Active 變為 Completed，回到首頁的「My Projects」，此專案的狀態也會變為 Completed。

> 譯者權限

a. 常用基本功能

在「Home」此分頁中有「Availability Calendar」可供譯者請假。點選 [Edit Availability]，進入行事曆後點選右上角的 [Update Availability]，選擇請假期間和理由，儲存後 PM 那邊也可以從「Company Calendar」中看到。

圖 14-2　Avaliability Calendar

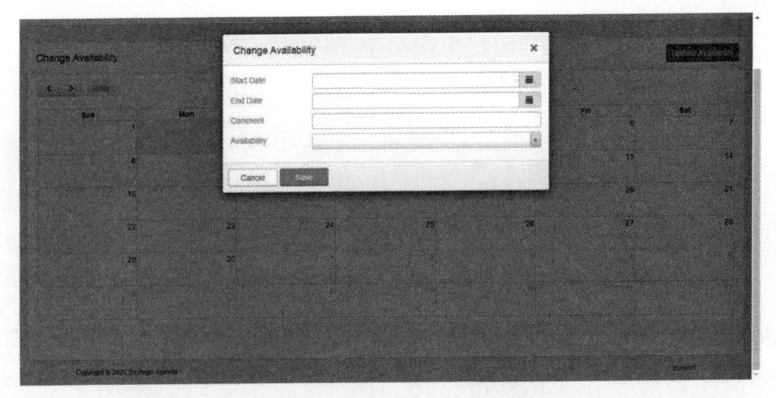

圖 14-3　Update Availability

b. 接收專案

在譯者的平臺中，可以直接看到「Open Tasks」，裡面會有條列式的任務清單，內容包含編號、截稿日、派案者、工作指示，若有附加檔案，則譯者可以在工作列旁點選檔案圖示下載。

Home My Paperwork Tasks My Details Project Spaces Reference

0.00NTD$ Earned this year | 0.00NTD$ Total Owed | 9 Jobs Assigned | 0 Overdue Invoices

Open Tasks | PO's Received

Code	Name	Start Date / Progress	End Date	Manager	Actions
RS20055	Best Friend	2020/07/08 8:36	2020/07/09 8:36		
Please follow the instruction and the file package					
RS20260	Best Friend	2020/07/19 9:00	2020/07/19 9:30		
RS20261	Best Friend	2020/07/19 9:00	2020/07/19 9:30		
RS20262	Best Friend - Extra	2020/07/19 9:00	2020/07/19 9:30		

圖 14-4　Open Tasks

c. 上傳譯稿

　　翻譯完成後，可以點選上傳檔案的圖示，在跳出的視窗中附加檔案和加上檔案描述後即可寄給 PM ，完成後點選打勾圖示標示為已完成，此項任務便會從 Open Tasks 中消失，轉而被記錄到「Tasks」中的「Closed Tasks」，已結案的任務只能查看，不能更改，若要修改檔案，僅能到「Tasks」中的「Upload Files」中再重新寄發新的檔案給 PM 一次。

圖 14-5　Tasks 分頁

d. 請款

　　譯者可以在「PO's Received」中看見自己收到的 PO ，若是完成後已處於可以請款的狀態，則可以在其右方看到 [Invoice] 的功能圖示，譯者可以選擇一張一張點選，或者可以到「My Paperwork」中的「POs Received」全選所有 PO ，並在「Actions」下拉式選單中選擇「Create Invoice」，確認跳出來的視窗中資訊無誤後，點選 [Submit] 向公司請款。

送出的 Invoice 可以到「My Paperwork」中的「Invoices」查看其內容與狀態，幫助譯者管理帳務。

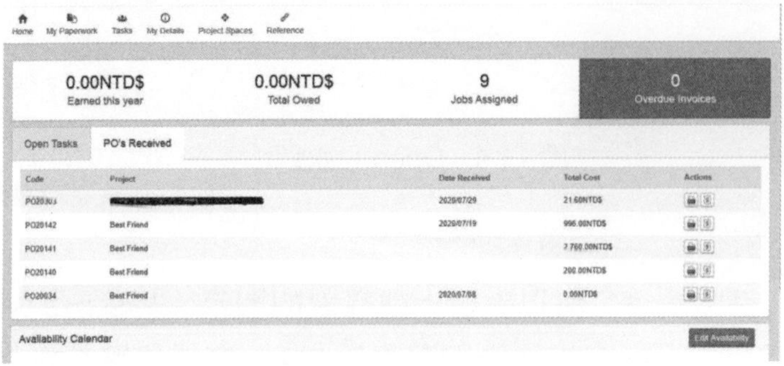

圖 14-6　PO's Received

14.3　翻譯管理系統的未來

從早期的由單臺 PC 到區域內連線，至今已難以適應這種網路發展蓬勃的年代，以全數雲端化、Web 前端以及 SaaS 模式為主的管理系統已經成為這個業界中的現在進行式，工作流程管理、語言資產管理、內容管理等也已成為必備，但對於能否整合更多更廣的系統、資料安全的處置、與機器翻譯資料處理的流程最佳化等，仍然是目前努力的方向。

本地化翻譯是一門高度變動性、充滿豐富要素，以及最為實務的學門之一，如何在變動中找出最佳解，是這個業界不斷在努力的目標。Termsoup 是由臺灣本地團隊所開發的電腦翻譯輔助工具。藉由該團隊不斷的努力，該翻譯輔助工具已經不只是一個以翻譯為導向的工具，更能協助譯者管理金流以及翻譯專案。雖然臺灣發展 TMS 和 BMS 相較缺乏市場，但這並非代表就能夠因此放下腳步而不追上世界，Termsoup 即是一經典範例。我們可以藉由更多的創新與合作，進行工作坊形式來共同開發出需要的系統，從而能跟上時代潮流，繼續保持優勢。

註　釋

1. 潘學權著，《計算機輔助翻譯教程》（安徽：安徽大學出版社，2018 年 9 月，二刷），頁 171。

15

結　語

當在做學生時，專注的面向總是在提升翻譯與語言能力，但等到進入業界後，卻發現這個業界所需遠遠不只如此。本地化翻譯經過長期發展，已經成為了一門富有體系、角色分工細密的行業。

本書做為進入本地化翻譯領域的第一本書籍，帶著讀者乘坐飛機，以鳥瞰的視野來一窺這個行業的山廓，無論是否是外語學院背景出身的學科，想必都能在這座巍然寶山中找到屬於自己座落的位置，那如果讀者在此山中找尋到了自己的棲身枝頭，或想對山巔海淵鑽研探究，或智者樂水就此轉往另一偉大的航道，皆是所樂見的。

若您已極其幸運的就在此山中，也希望您能樂在其中。正如 Cathie Wood 所言：「在歷史的進程中，請你選對邊站，因為有許多顛覆性的科技正在蓬勃發展中。」極其言，我們無法違逆著歷史的發展，如繼續原始刀耕火種的技藝，終必受到科技進步而被逐漸取代。

未來是一個需要多項能力並進的年代，除了翻譯及語言能力外，你更需要的是管理能力、溝通能力與技術能力等，讓你能在這崇山峻嶺中野外生存的能力。希望在寶山中的你我，不是懼群峰高聳，不是畏谷中寒冷；希望你我都能在寶山中看見這天地錦繡，在夜空中看見那燦爛星辰。

附　錄

A. 專有名詞對照表

以下名詞以臺灣繁體中文翻譯為主。如對個別定義需要進一步瞭解，請參考《專案管理知識體系指南》一書與中國翻譯協會公佈的《本地化業務基本術語》。

- Accuracy 正確性
- Actual Cost, AC 實際成本
- Address Time 處理時間
- Agile and Adaptive Methodology 敏捷與適應式方法論
- Analogous Estimating 類比估算法
- Application Programming Interface, API 應用程式介面
- Adventure Game, AVG 冒險類遊戲
- Benefits Management 效益管理與知識管理
- Bottom-Up Estimating 由下而上估算法
- Boundaries of Words 語言界線
- Business Software Aliance, BSA 商業軟體聯盟
- Business Intelligence, BI 商業情報
- Co-Creation 共同創造
- Compliance 遵循性
- Comprehensibility 可理解性
- Computer Assisted Translation, CAT 電腦輔助翻譯
- Computer-Assisted Translation Tool, CAT Tool 電腦輔助翻譯工具
- Confirmation Bias 確認偏誤
- Consistency 一致性
- Convolutional Neural Network, CNN 卷積神經網路
- Cost Variance, CV 成本變異
- Cost Performance Index, CPI 成本績效指標
- Country 該國語言規範／國別
- Deep Learning 深度學習
- Desktop Publishing, DTP 排版
- Deliverables 提交成品
- Earned Value, EV 實獲值
- Example-Based Machine Translation, EMT 範例式機器翻譯

- Expected Monetary Value, EMV 期望貨幣價值
- Final Check 最終檢查
- Formatting and Other 格式與其他細節
- First-Person Shooter, FPS 第一人稱射擊遊戲
- Gantt Charts 甘特圖
- Globalization, G14N 全球化
- Globalization and Localization Association, GALA 全球化與本地化協會
- Glossary 詞彙表
- Hierarchical Learning 階層式學習
- Homonymy and Polysemy 同音意異與一字多義
- Hypertext Markup Language, HTML 超文本標記語言
- Instruction 指示
- Interlingual Language 人工國際語言
- International Organization for Standardization, ISO 國際標準組織
- Internal Rate of Return, IRR 內部收益率
- Job Instruction 工作指示
- Key Performance Indicators, KPI 關鍵績效指標
- Language Lead 語言主管
- Language Sign-Off, LSO 語言驗收
- Language Service Provider, LSP 語言服務提供商
- Language Service Providers Index, LSPI 語言服務提供商指標
- Language Quality 語言品質
- Language Quality Assurance, LQA 語言品質確保
- Language Quality Inspection, LQI 語言品質檢查
- Leadership 領導
- Legacy Translation, LT 舊有翻譯
- Lessons Learned Repository 學習知識庫
- Localization, L10N 本地化
- Localization Quality Assurance 本地化品質確保
- Localization Industry Standards Association, LISA 本地化產業標準協會
- Mechanization 機械化方式
- Machine Translation, MT 機器翻譯
- Massively Multiplayer Online Role-Playing Game, MMORPG 多人線上角色扮演遊戲
- Neural Machine Translation, NMT 神經語言機器翻譯
- Offshore Development Center, ODC 海外開發中心
- Parametric Estimating 參數估算法
- Planned Value, PV 計畫值
- Post-Editing, PE 譯後編修

- Project Coordinator, PC 專案助理
- Project Instruction 專案指示
- Project Management Information System, PMIS 專案管理資訊系統
- Project Manager, PM 專案管理師
- Proofreading 翻譯校對
- Purchase Order, PO 委託訂單
- Quality Assurance, QA 品質確保
- Quality Control, QC 品質控管
- Recurrent Neural Network, RNN 遞迴神經網路
- Request for Information, RFI 系統資訊需求書
- Request for Proposal, RFP 需求建議書
- Rule-Based Machine Translation, RBMT 規則式機器翻譯
- Schedule Variance, SV 時程變異
- Schedule Performance Index, SPI 時程績效指標
- Service Level Agreement, SLA 服務層級協議
- Simulation Game, SLG 模擬遊戲
- Single Language Vendor, SLV 單語言服務供應商
- Solution Design 解決方案設計
- Scope Baseline 範疇基準
- Source Language 譯出語
- Special Notes 特別備註
- Stakeholders 利害關係人
- Statistical Machine Translation, SMT 統計式機器翻譯
- Strategic and Business Management 策略與商業管理
- Style Guide 風格規範
- Subject Matter Expertise, SME 領域專家審閱
- Target Language 譯入語
- Termbase Exchange Format, TBX 術語交換格式
- Terminology 術語
- Terminology Management System, TMS 術語管理系統
- Term List 術語表
- Trend Analysis 趨勢分析
- Translation Management System, TMS 翻譯管理系統
- Translation Memory, TM 翻譯記憶
- Translation Automaton User Society, TAUS 翻譯自動化使用者協會
- Technical Project Management 專業專案管理
- Unicode 萬國碼
- Work Package 工作包
- Work Breakdown Structure, WBS 工作分解結構

B. 常規性翻譯流程、評價與作業參考要點

常規性翻譯流程簡要說明

1. 常態性翻譯流程

   翻譯 >LQI> 審稿（通常性 / SME / 風格）與一致性審查 >（DTP）>QC 成品品質檢查 >FC 或 LSO

2. 翻譯

   (1) 超過排程 3 日的專案，一律進行期間詢問或語言品質檢查（LQI）。
   (2) 少於排程 3 日的專案，請於次日進行期間詢問。
   (3) 當日案件，無須詢問。

3. 審稿

   (1) 通常性審查密度 Level1-Level5。
   (2) SME 審查（Subject Matter Expert）：專業性類別（法律、醫學、期刊）。
   (3) 風格審查：涉及產品風格、行業特殊文案時。
   (4) 一致性審查：由審稿人員負責，包含 TM 對照、線上 QA 軟體、Xbench 等。

4. 最終品質檢查：由 QC 人員負責。

5. FC：由 PM 負責。

6. LSO（Language Sign-Off）：DTP 案件時方有需要。

翻譯應注意事項與品質指標

1. 翻譯應注意事項

   (1) 應先充分閱讀 Style Guide 或 PM 信件指示，未能明白或有問題應立即向 PM 提問。
   (2) 應注意檔案件數、格式、分類等一般技術性問題，建議先概覽後再開始翻譯。
   (3) 翻譯如 PM 有要求要進行一致性校對流程時，敬請配合。
   (4) 翻譯請依照信件指示，準時交件。如有意外而需延後，請務必於指定

交件日期前 48 小時前提出。

(5) 翻譯結束，請務必使用 QA 工具 RunQA ，避免格式、本地化標準錯誤。對於公司商標、國籍 / 地區等可能會發生致命性錯誤，再進行檢查。

(6) 如有 LQI 或審稿報告時，應詳讀報告內容，並進行改進或立即修正。

2. **品質指標**

(1) 譯文品質：是否明顯遺漏原文、是否無謂增減原文意思、是否譯文欠缺一致性、標點符號是否正確使用、拼字是否正確、上下文是否合於 TM 或意義妥適。

(2) 語言妥適：文法是否妥適、語意是否清晰而不具雙重解讀可能。

(3) 風格：是否直譯、是否合於文件本身語氣、是否合於受眾文化。

(4) 格式：是否已依循規範格式。

(5) 避免致命錯誤：是否避免客戶名稱或主要詞彙誤譯、是否避免歧視性言語、是否避免導致公害危險的誤譯。

錯誤等級分類

1. **致命錯誤（不予續用）**：客戶名稱或主要詞彙誤譯、歧視性言語、導致公害危險的誤譯、其他錯誤項目累犯或累積次數過多且嚴重程度極高。

2. **嚴重錯誤（加權倍數 4）**：明顯漏譯、顯然誤譯、嚴重文法錯誤、LQA 後仍未遵照指示、嚴重遲交或累犯、其他錯誤累犯或累積次數過多。

3. **重大錯誤（加權倍數 2）**：未遵照 Style Guide 或 PM 的專案明文指示、專業性術語誤用、部分誤譯足以影響讀者理解、遲交、因技術性問題而漏譯（如隱藏字串）。

4. **一般錯誤（加權倍數 1）**：通順度（如譯文具雙重意思、譯文過於直譯等）、拼字、排版。

5. **偏好性問題（加權倍數 0）**：無關正確性的客戶偏好用詞、一般技術性調整問題（如檔案轉換）。

錯誤發生時分配權重與處置方式

1. 權重體現的並非「次數」，而是嚴重性「程度」的高低，因此一般錯誤發生數次應調升成為嚴重錯誤，而非計列成一般錯誤數次；程度較重與程度較輕之同類型錯誤，只取其同類型錯誤程度較重者計列，以免造成統計上的困難。
2. **致命錯誤**：該譯者不再續用。
3. **其他錯誤**：依照指示於 QA Report 拉選嚴重性程度即可，該錯誤統計由審稿人員或 QC 人員記錄，由 PM 覆核並於 Smart Sheet 中填入分數欄位。
4. 示例
   (1) 明顯漏譯，計列 1 次較重的嚴重錯誤（嚴重程度選擇 3），而不計列重大錯誤。同樣詞彙的拼字錯誤，計列 1 次。（嚴重程度選擇 1）
   (2) 同一段落皆由於直譯致使通順度不佳，只計列 1 次，並非依每一句子分別計列。
   (3) 同一專案檔案分批交回，遲交 3 次，不計列重大錯誤 3 次，應計列為嚴重錯誤 1 次。（嚴重程度選擇 3）
   (4) 未遵照 Style Guide 或 PM 專案上之指示，不包含 Skype、電話、或語音的口頭指示，敬請依客戶給予的 Style Guide 或 PM 於信件中特別補充的內容為準，否則不應予以計列重大錯誤。此外，如未遵照 Style Guide 或 PM 專案上之指示，為上開所列中的其他錯誤事項時，應以其他錯誤事項為優先。
5. **評議標準**
   (1) 錯誤率：本季錯誤總分 / 該類別譯者全體錯誤總分。
   (2) 將會依照所有譯者的表現設置一定程度的容錯比率，於每季進行一次該譯者的審稿評級調整，審稿密度也將評級變動。
   (3) 錯誤率比為前 25% 之譯者，會視情況要求重新訓練或於名單中剔除。

審稿評級與分級作業標準

1. **分類等級**
   (1) Lv.5 嚴密審查：PM 指示前導、翻譯期程間 LQI、全譯文審稿、一致性審查、QC 成品品質檢查、PM 的 Final Check。必要時加入 SME 或風格審查。

(2) Lv.4 加強審查：全譯文審稿、一致性審查、QC 成品品質檢查 / PM 的 Final Check。必要時加入 SME 或風格審查。

(3) Lv.3 一般審查：全譯文審稿、一致性審查。

(4) Lv.2 裁量審查：全譯文 Proof Reading、部分抽查（等距抽查或群落抽查）、一致性審查。

(5) Lv.1 寬鬆審查：長句抽查、一致性審查。

2. 作業準則

(1) 無論譯者評級為何，審稿者都應該要做「一致性審查或 Check QA」、「仔細閱讀客戶的 Style Guide 或 Instruction」、「標點符號、拼字與格式」與「隱藏性字串的可能漏譯」的審校。

(2) Lv.2 的全譯文校閱，採行 Proof Reading 與部分抽查，毋庸針對 100%、單詞、短語進行審校；Lv.3 應全文詳審，但毋庸針對 100% 再行審校；Lv.4 與 Lv.5 應全文審校。

(3) 無論評級為何，QC 人員應該針對「標點符號、拼字與格式」與「隱藏性字串的可能漏譯」進行審校，並看過「一致性審查的相關報告」。針對同一案件多人共案時，應重新再進行一致性審查流程，如有問題時由 QC 人員直接再進行 LQA 流程。

(4) 如為 Lv.5 指定案件，PM 應於發案時與譯者開會進行討論、妥善確保譯者充分閱讀 Style Guide、安排 LQI 時程及富彈性的交期，並交送檔案前進行過 FC 程序。

(5) 無論譯者評級為何，PM 應該儘量鼓勵譯者使用 QA 工具或 Xbench 使得提交稿件具有一致性，針對大量同一案件分案時，應使用 QA 工具或 Xbench 來確保一致性。

(6) PM 可依據專案本身需要於合理範圍內，調升或調降審稿密度。

(7) 審稿人員每日最低參考量：Lv.5 每日 1,000 字、Lv.4 每日 2,000 字、Lv.3 每日 2,500 字、Lv.2 每日 4,000 字、Lv.1 每日 8,000 字。

(8) 如為多人共案、專業性、特殊商業性案件，無論譯者評級為何，直接上調至 Lv4 以上，不可降低審稿密度。

(9) 純審稿或時數性審稿專案，請依所給時數與案量分配妥善調整密度審查即可。

C. 本地化業務基本術語

前　言

中國翻譯協會是包括翻譯與當地語系化服務、語言教學與培訓、語言技術工具開發、語言相關諮詢業務在內的語言服務行業的全國性組織。制定中國語言服務行業規範，推動行業有序健康發展，是中國翻譯協會的工作內容之一。

ZYF 001–2011《當地語系化業務基本術語》分為以下幾個類別：

——綜合

——服務角色

——服務流程

——服務要素

——服務種類

——技術

本規範由中國翻譯協會當地語系化服務委員會編寫，由中國翻譯協會發佈。

本規範主要起草單位：中國翻譯協會、中國翻譯協會當地語系化服務委員會、中國標準化研究院。

本規範主要起草人：林懷謙、藺熠、黃翔、崔啟亮、高炬、桂梅、王祖更、黃長奇、周長青、楊穎波、魏澤斌。

本規範於 2011 年 6 月 17 日首次發佈。

本地化業務基本術語

1. 範圍

本規範定義當地語系化業務相關的若干關鍵術語，包括綜合、服務角色、服務流程、服務要素、服務種類和技術六大類別。

本規範適用於當地語系化服務和翻譯服務。

2. 綜合

2.1　當地語系化 Localization（L10n）

將一個產品按特定國家 / 地區或語言市場的需要進行加工，使之滿足特定市場上的使用者對語言和文化的特殊要求的軟體生產活動。

2.2　國際化 Internationalization（I18n）

在程式設計和文檔開發過程中，使功能和代碼設計能夠處理多種語言和文化傳統，從而在創建不同語言版本時，不需要重新設計來源程式代碼的軟體工程方法。

2.3　全球化 Globalization（G11n）

軟體產品或應用產品為進入全球市場而必須進行的系列工程和商務活動，如正確的國際化設計、當地語系化集成，以及在全球市場進行市場推廣、銷售和支援的全部過程。

2.4　當地語系化能力 Localizability

不需要重新設計或修改代碼、將程式的使用者介面翻譯成任何目的語言的能力。當地語系化能力是表徵軟體產品實現當地語系化的難易程度的指標。

2.5　品質保證 Quality Assurance（QA）

系統性地對專案、服務或其他交付物進行全方位監控和評估以確保交付物符合品質標準的方法和流程。

2.6　協力廠商品質保證 Third-Party QA

客戶指定獨立的協力廠商對某當地語系化服務提供者的交付物執行品質監控和評估的方法與流程。

2.7　翻譯錯誤率 Translation Error Rate

一個度量翻譯品質的指標，通常按每千字中出現的錯誤比例來計算。

2.8　檔案格式 File Format

以電腦文檔形式保存文字內容時採用的格式規定，也稱檔案類型。一般通過檔案副檔名加以區分，如 doc、pdf、txt 等。

2.9　使用者介面 User Interface（UI）

軟體中與使用者交互的全部元素的集合，包括對話方塊、功能表和螢幕提示資訊等。

2.10 用戶幫助 User Assistant（UA）

也稱線上說明（Online Help），或者用戶教育（User Education, UE），指集成在軟體當中，為最終使用者方便快捷的使用軟體而提供的操作指南。借助使用者說明，使用者可以在使用軟體產品時隨時查詢相關資訊。用戶幫助代替了書面的用戶手冊，提供了一個面向任務的、快捷的說明資訊查詢環境。

2.11 電子學習資料 E-learning Materials

各種形式的、用於教學 / 自學的電子資料與媒體的統稱。

2.12 服務角色 Role of Service

產品當地語系化實施過程中承擔不同任務的各種角色。

2.13 服務流程 Process of Service

產品當地語系化實施過程中相互聯繫、相互作用的一系列過程。

2.14 服務要素 Element of Service

產品當地語系化流程中的各種輸入輸出物件。

2.15 服務種類 Types of Service

提供當地語系化服務的類別。

2.16 當地語系化技術 Technology of Localization

產品當地語系化過程中應用的各項技術的統稱。

2.17 多位元組字元集 Multi-byte Character Set

每個字元用單個位元組或兩個位元組及以上表示的字元集。

2.18 現場服務 Onsite Service

指服務提供者派遣專業人才到客戶方的工作場所內工作的一種外包服務模式。採用這種模式，客戶既能夠自己控制和管理專案，同時又能充分利用外部的專業人才。

2.19 資訊請求書 Request for Information（RFI）

客戶向服務提供者發出的，請求後者提供其服務產品及服務能力方面基本資訊的檔。客戶通過向提供商發出 RFI 並獲取回饋，以達到收集資訊並說明確定下一步行動的目的。RFI 不是競標邀請，也不對客戶或提供商構成採購服務或提供服務的約束。

2.20 提案請求書 Request for Proposal（RFP）

客戶向服務提供者發出的、請求後者就某特定的服務或專案提供提案的檔。客戶通常會將 RFP 發給已獲得一定程度認可的提供商。RFP 流程可以說明客戶預先識別優勢及潛在的風險，並為採購決策提供主要參考。RFP 中的要求描述得越詳細，獲得的提案回饋資訊就越準確。客戶在收到提案回饋後，可能會與提供商召開會議，以便指明提案中存在的問題，或允許提供商進一步說明其技術能力。客戶將基於 RFP 流程的結果挑選部分或全部提供商參加後續的競標活動。

2.21 報價請求書 Request for Quote（RFQ）

客戶向服務提供者發出的、請求後者就具體的服務項或專案提供報價的檔。

3. 服務角色

3.1 當地語系化服務提供者 Localization Service Provider, Localization Vendor

提供當地語系化服務的組織。當地語系化服務除包括翻譯工作以外，還包括當地語系化工程、當地語系化測試、當地語系化桌面排版以及品質控制和專案管理等活動。

3.2 單語言服務提供者 Single Language Vendor（SLV）

僅提供一種語言的翻譯或當地語系化服務的個人或組織。可以包括兼職人員、團隊或公司。

3.3 多語言服務提供者 Multi-Language Vendor（MLV）

提供多種語言的翻譯、當地語系化服務、以及各種增值服務的組織。大多數 MLV 在全球範圍內都擁有多個分公司和合作夥伴。

3.4 當地語系化測試服務提供者 Localization Testing Service Provider, Localization Testing Vendor

提供當地語系化測試服務的組織。主要提供的服務是對當地語系化軟體的語言、使用者介面以及當地語系化功能等方面進行測試，以保證軟體當地語系化的品質。

3.5 翻譯公司 Translation Company

提供一種或多種語言的翻譯服務的組織。主要服務包括筆譯、口譯等。

3.6 服務方連絡人 Vendor Contact

服務方中面向客戶的主要連絡人。

3.7 客戶 Client

購買當地語系化服務的組織。

3.8 客戶方連絡人 Client Contact

客戶方中面向服務提供者的主要連絡人。

3.9 客戶方專案經理 Client Project Manager

在客戶方組織內，負責管理一個或多個當地語系化或測試專案的人員。該人員通常是客戶方的專案驅動者和協調者，通常也是客戶方的主要連絡人之一。該人員負責在指定期限內，管理服務提供者按預定的時間表和品質標準完成專案。

3.10 服務方專案經理 Vendor Project Manager

在當地語系化服務提供者組織內，負責管理一個或多個當地語系化或測試專案的人員。該人員通常是服務方的專案執行者和協調者，通常也是服務方的主要連絡人之一。該人員負責在指定期限內，按客戶預定的時間表和品質標準完成項目交付。

3.11 全球化顧問 Globalization Consultant

該角色人員主要負責對全球化相關的戰略、技術、流程和方法進行評估，並就如何實施、優化全球化及當地語系化的工作提供詳細建議。

3.12 國際化工程師 Internationalization Engineer

在實施產品當地語系化之前，針對國際化或當地語系化能力支援方面，分析產品設計、審核產品代碼並定位問題、制定解決方案並提供國際化工程支援的人員。

3.13 當地語系化開發工程師 Localization Development Engineer

從事與當地語系化相關的開發任務的人員。

3.14 當地語系化測試工程師 Localization Testing Engineer, Localization Quality Assurance（QA）Engineer

負責對當地語系化後軟體的語言、介面佈局、產品功能等方面進行全面測試，以保證產品當地語系化品質的人員。有時也稱為當地語系化品質保證（QA）工程師。

3.15 當地語系化工程師 Localization Engineer

從事當地語系化軟體編譯、缺陷修正以及執行當地語系化文檔前 / 後期處理的技術人員。

3.16 譯員 Translator

將一種語言翻譯成另一種語言的人員。

3.17 編輯 Reviewer, Editor

對照原始檔案，對譯員完成的翻譯內容進行正確性檢查，並給予詳細回饋的人員。

3.18 審校 Proofreader

對編輯過的翻譯內容進行語言可讀性和格式正確性檢查的人員。

3.19 排版工程師 Desktop Publishing Engineer

對當地語系化文檔進行排版的專業人員。

3.20 質檢員 QA Specialist

負責抽樣檢查和檢驗譯員、編輯、審校、排版工程師等所完成任務的品質的人員。

4. 服務流程

4.1 當地語系化工程 Localization Engineering

當地語系化專案執行期間對文檔進行的各種處理工作的統稱，其目的是為了方便翻譯並確保翻譯後的文檔能夠正確編譯及運行。其工作內容包括但不限於：

抽取和複用已翻譯的資源檔，以提高翻譯效率和一致性；

校正和調整使用者介面控制項的大小和位置，以確保編譯出正確的當地語系化軟體；

定制和維護文檔編譯環境，以確保生成內容和格式正確的文檔；

修復軟體當地語系化測試過程中發現的缺陷，以提高軟體當地語系化的品質。

4.2 項目分析 Project Analysis

分析具體專案的工作範圍、所包含的作業類型和工作量以及資源需求等。該工作通常在專案啟動前進行。

4.3 項目工作量分析 Workload Analysis

針對項目任務的定量分析，通常包括字數統計、排版、工程和測試等工作量的綜合分析。

4.4 譯文複用 Leverage

當地語系化翻譯過程中，對已翻譯內容進行迴圈再利用的方法和過程。

4.5 報價 Quote

當地語系化服務提供者對客戶方特定專案或服務招標詢價的應答，通常以報價單形式呈現。

4.6 專案計畫 Project Plan

基於專案工作量分析結果制定的、需經過審批的標準文檔，是專案執行和進度控制的指南。項目計畫通常包括項目週期內可能發生的各種情況、相應決策及里程碑、客戶已確認的工作範圍、成本以及交付目標等。

4.7 啟動會議 Kick-Off Meeting

當地語系化專案正式開始之前召開的會議，一般由客戶方和服務方的專案組主要代表人員參加。主要討論項目計畫、雙方職責、交付結果、品質標準、溝通方式等與專案緊密相關的內容。

4.8 發包 Hand-Off

客戶方將專案檔案、說明、要求等發給服務提供者。

4.9 術語提取 Terminology Extraction

從原始檔案及目的檔案中識別並提取術語的過程。

4.10 翻譯 Translation

將一種語言轉換成另一種語言的過程，一般由當地語系化公司內部或外部譯員執行翻譯任務。

4.11 校對 Review, Editing

對照原文，對譯員完成的翻譯內容進行正確性檢查，並給予詳細回饋的過程；一般由當地語系化公司內部經驗豐富的編輯執行校對任務。

4.12 審查 Proofreading

對編輯過的翻譯內容進行語言可讀性和格式正確性檢查的過程；一般

由當地語系化公司內部的審校人員執行審查任務。

4.13 轉包 Sub Contracting

將某些當地語系化任務轉交給協力廠商公司、團隊或個人完成的活動，如將一些翻譯工作外包給自由譯員完成。

4.14 翻譯品質評估 Translation Quality Evaluation

抽查一定字數的翻譯內容，根據既定的錯誤允許率評定翻譯品質的過程。

4.15 一致性檢查 Consistency Check

對文檔內容執行的一種檢查活動，其目的是確保文檔中所描述的操作步驟與軟體實際操作步驟保持一致，文檔中引用的介面詞與軟體實際介面內容保持一致，文檔中的章節名引用以及相同句式的翻譯等保持一致。

4.16 桌面排版 Desktop Publishing（DTP）

使用電腦軟體對文檔、圖形和圖像進行格式和樣式排版，並列印輸出的過程。

4.17 搭建測試環境 Setup Testing Environment

根據客戶方對測試環境的要求，安裝並配置硬體、系統軟體、應用軟體環境，確保測試環境與客戶要求完全一致。

4.18 測試 Testing

編寫並執行測試用例，發現、報告並分析軟體缺陷的過程。

4.19 缺陷修復 Bug Fixing

遵循一定的流程和方法，對所報告的各種缺陷進行修復，並集成到軟體產品中的過程。

4.20 介面佈局調整 Dialog Resizing

在與原始檔案介面佈局保持一致的前提下，調整翻譯後使用者介面控制項的大小和位置，確保翻譯後的字元顯示完整、美觀。

4.21 交付 Delivery, Handback

也稱「提交」，指遵循約定的流程和要求將完成的當地語系化產品及附屬相關資料交付給客戶方的過程。

4.22 資源調配 Resource Allocation

為當地語系化專案合理安排人員、設備及工具等資源的過程。

4.23 定期會議 Regular Meeting

客戶方和服務提供者的主要參與人員定期開會（如週會），就專案進度、品質控制、人員安排、風險評估等進行有效溝通。

4.24 狀態報告 Status Report

客戶方與服務方之間一種較為正式的書面溝通方式，目的是使專案雙方瞭解專案的當前執行情況、下一步工作計畫以及針對出現的問題所採取的必要措施等。發送頻率視具體情況而定，如每週一次。

4.25 語言適用性評估 Language Usability Assessment（LUA）

向最終使用者收集有關當地語系化語言品質的回饋，進而使當地語系化語言品質標準與使用者期望趨向一致。

4.26 季度業務審核 Quarterly Business Review（QBR）

每個季度客戶方與服務方之間定期召開的會議。會議內容通常包括本季度專案回顧與總結、出現的問題與改進措施、下季度新的專案機會等。

4.27 項目總結 Post-Mortem

當地語系化專案完成後，對專案執行情況、成功因素及經驗教訓等進行分析和存檔的過程。

4.28 時間表 Schedule

描述各種任務、完成這些任務所需時間、以及任務之間依存關係的列表。通常以表格形式呈現。

4.29 生產率 Productivity

衡量投入的資源與輸出的產品或服務之間關係的指標，如每天翻譯字數或每天執行的測試用例數。

5. 服務要素

5.1 服務級別協定 Service Level Agreement（SLA）

客戶方和服務方約定當地語系化服務的品質標準以及相關責任和義務的協議。

5.2 工作説明書 Statement of Work（SOW）

在當地語系化專案開始之前，客戶方編寫並發送給服務方的工作任務描述文檔。

5.3 報價單 Quotation

服務方按照客戶方詢價要求，根據工作量評估結果向客戶方提交的報價檔。其中通常包含詳細的工作項、工作量、單價、必要的説明以及匯總價格。

5.4 採購訂單 Purchase Order（PO）

在當地語系化專案開始之前，客戶方根據報價單提供給服務方的服務採購書面證明，是客戶方承諾向服務方支付服務費用的憑證。

5.5 當地語系化包 Localization Kit

由客戶方提供的，包含要對其實施當地語系化過程的來源語言檔、使用的工具和指導文檔等系列檔的集合。當地語系化專案開始前，客戶方應將其提供給服務提供者。

5.6 當地語系化風格指南 Localization Style Guide

一系列有關文檔撰寫、翻譯和製作的書面標準，通常由客戶方提供，其中規定了客戶方特有的翻譯要求和排版風格。當地語系化風格指南是服務方進行翻譯、使用者介面控制項調整和文檔排版等作業的依據。

5.7 原始檔案 Source File

客戶方提供的、用以執行當地語系化作業的原始檔。

5.8 目的檔案 Target File

翻譯為目的語言並經工程處理後生成的、與原始檔案格式相同的結果檔。

5.9 術語 Terminology

在軟體當地語系化專案中，特定於某一領域產品、具有特殊含義的概念及稱謂。

5.10 詞彙表 Glossary

包含來源語言和目的語言的關鍵字及短語的翻譯對照表。

5.11 檢查表 Checklist

待檢查項的集合。根據檢查表進行檢查，可以確保工作過程和結果嚴格遵照了檢查表中列出的要求。檢查表需要簽署，指明列出的檢查項是否已完成以及檢查人。檢查表可以由客戶提供，也可以由當地語系化公司的項目組創建。

5.12 字數 Wordcount

對來源語言基本語言單位的計數。通常使用由客戶方和服務方共同協定的特定工具進行統計。

5.13 測試用例 Test Case

為產品測試而準備的測試方案或腳本，通常包含測試目的、前提條件、輸入資料需求、特別關注點、測試步驟及預期結果等。

5.14 測試腳本 Test Script

為產品測試準備的、用來測試產品功能是否正常的一個或一組指令。手動執行的測試腳本也稱為測試用例；有些測試可以通過自動測試技術來編寫和執行測試腳本。

5.15 測試環境 Testing Environment

由指定的電腦硬體、作業系統、應用軟體和被測軟體共同構建的、供測試工程師執行測試的操作環境。

5.16 缺陷庫 Bug Database

供測試工程師報告缺陷用的資料庫，通常在專案開始前客戶方會指定使用何種缺陷庫系統。

5.17 缺陷報告 Bug Report

也稱為缺陷記錄，是記錄測試過程中發現的缺陷的文檔。缺陷報告通常包括錯誤描述、複現步驟、抓取的錯誤截圖和注釋等。

5.18 專案總結報告 Post Project Report（PPR）

當地語系化專案完成後，由客戶方和服務方的專案經理編寫的關於專案執行情況、問題及建議的文檔。

5.19 發票 Invoice

服務方提供給客戶方的收款書面證明，是客戶方向服務方支付費用的憑證。

6. 服務種類

6.1　當地語系化測試 Localization Testing

對產品的當地語系化版本進行的測試，其目的是測試特定目的地區域設置的軟體當地語系化的品質。當地語系化測試的環境通常是在當地語系化的作業系統上安裝當地語系化的產品。根據具體的測試角度，當地語系化測試又細分為當地語系化功能測試、外觀測試（或視覺化測試）和語言測試。

6.2　翻譯服務 Translation Service

提供不同語言之間文字轉換的服務。

6.3　國際化工程 Internationalization Engineering

為實現當地語系化，解決原始程式碼中存在的國際化問題的工程處理，主要體現在以下三個方面：

- 資料處理，包括資料分析、存儲、檢索、顯示、排序、搜索和轉換；
- 語言區域和文化，包括數位格式、日期和時間、日曆、計量單位、貨幣、圖形以及音訊；
- 使用者介面，包括硬編碼、文本碎片、歧義、空間限制、字體、圖層和大小資訊。

6.4　排版服務 Desktop Publishing（DTP）

根據客戶方的特定要求，對文檔以及其中的圖形和圖像進行格式調整，並列印輸出的服務。

6.5　當地語系化軟體構建 Localized Build

根據來源語言軟體創建當地語系化軟體版本的工程服務。

6.6　當地語系化功能測試 Localization Functionality Testing

對產品的當地語系化版本進行功能性測試，確保當地語系化後的產品符合當地標準或慣例，並保證各項原有功能無損壞或缺失。

6.7　語言測試 Linguistic Testing

對產品的當地語系化版本進行測試，以確保語言品質符合相應語言要求的過程。

6.8　介面測試 Cosmetic Testing / User Interface (UI) Testing

對產品的當地語系化版本的介面進行測試，以確保介面控制項的位置、大小適當和美觀的過程。

6.9 機器翻譯 Machine Translation（MT）

借助術語表、語法和句法分析等技術，由電腦自動實現來源語言到目的語言的翻譯的過程。

6.10 機器翻譯後期編輯 Machine Translation Post-Editing

對機器翻譯的結果進行人工編輯，以期達到與人工翻譯相同或近似的語言品質水準的過程。

6.11 專案管理 Project Management

貫穿於整個當地語系化項目生命週期的活動；要求專案經理運用當地語系化知識、技能、工具和方法，進行資源規劃和管理，並對預算、進度和品質進行監控，以確保專案能夠按客戶方與服務方約定的時間表和品質標準完成。

6.12 線上說明編譯 Online Help Compilation

基於來源語言的線上說明文檔編譯環境，使用翻譯後的檔生成目的語言的線上說明文檔的過程。

7. 技術

7.1 可延伸標記語言 Extensible Markup Language（XML）

XML 是一種簡單的資料存儲語言，它使用一系列簡單的標記描述資料。XML 是 Internet 環境中跨平臺的、依賴於內容的技術，是當前處理結構化文檔資訊的有力工具。

7.2 翻譯記憶交換標準 Translation Memory eXchange（TMX）

TMX 是中立的、開放的 XML 標準之一，它的目的是促進不同電腦輔助翻譯（CAT）和當地語系化工具創建的翻譯記憶庫之間進行資料交換。遵從 TMX 標準，不同工具、不同當地語系化公司創建的翻譯記憶庫檔可以很方便地進行資料交換。

7.3 斷句規則交換標準 Segmentation Rule eXchange（SRX）

LISA 組織基於 XML 標準、針對各種當地語系化語言處理工具統一發佈的一套斷句規則，旨在使 TMX 檔在不同應用程式之間方便地進行處理和轉換。通過該套標準，可使不同工具、不同當地語系化公司創建的翻譯記憶庫檔很方便地進行資料交換。

7.4 XML 當地語系化檔案格式交換標準 XML Localization Interchange File Format（XLIFF）

XLIFF 是一種格式規範，用於存儲抽取的文本並且在當地語系化多個處理環節之間進行資料傳遞和交換。它的基本原理是從原始檔案中抽取與當地語系化相關的資料以供翻譯，然後將翻譯後的資料與原始檔案中不需要當地語系化的資料合併，最終生成與原始檔案相同格式的檔。這種特殊的格式使翻譯人員能夠將精力集中到所翻譯的文本上，而不用擔心文本的佈局。

7.5 術語庫交換標準 Term Base eXchange（TBX）

TBX 是基於 ISO 術語資料表示的 XML 標準。一個 TBX 檔就是一個 XML 格式的檔。採用 TBX ，用戶可以很方便的在不同格式的術語庫之間交換術語庫資料。

7.6 電腦輔助翻譯 Computer Aided Translation（CAT）

為了提高翻譯的效率和品質，應用電腦資訊技術對需要翻譯的文本進行內容處理的輔助翻譯技術。

7.7 翻譯分段 Translation Segment

指語意相對明確完整的文字片段。翻譯分段可以是一個單字、一個或多個句子，或者是整個段落。翻譯分段技術可以將段落拆分成句子或短語片段。

7.8 罰分 Penalty

計算原始檔案中的待翻譯單元與翻譯記憶庫中翻譯單元的來源語言的匹配程度時使用的基準。除了根據文字內容的不同自動罰分外，用戶還可以自訂某些條件的罰分，如格式、屬性欄位、預留位置不同，使用了對齊、機器翻譯技術或存在多個翻譯等情況。

7.9 對齊 Alignment

當地語系化翻譯過程中，通過比較和關聯來源語言文檔和目的語言文檔創建預翻譯資料庫的過程。使用翻譯記憶工具可以半自動化地完成此過程。

7.10 翻譯記憶庫 Translation Memory（TM）

一種用來輔助人工翻譯的、以翻譯單元（來源語言和目的語言對）形式存儲翻譯的資料庫。在 TM 中，每個翻譯單元按照來源語言的文字分段及其對應的翻譯語言成對存儲。這些分段可以是文字區塊、段落、單句。

7.11 術語庫 Term Base

存儲術語翻譯及相關資訊的資料庫。多個譯員通過共用同一術語庫，可以確保術語翻譯的一致性。

7.12 基於規則的機器翻譯 Rule-based MT

指對語言語句的詞法、語法、語義和句法進行分析、判斷和取捨，然後重新進行排列組合，生成對等意義的目的語言文字的機器翻譯方法。

7.13 基於統計的機器翻譯 Statistic-based MT

以大量的雙語語料庫為基礎，對來源語言和目的語言詞彙的對應關係進行統計，然後根據統計規律輸出譯文的機器翻譯方法。

7.14 內容管理系統 Content Management System（CMS）

用於創建、編輯、管理、檢索以及發佈各種數位媒體（如音訊、視頻）和電子文本的應用程式或工具。通常根據系統應用範圍分為企業內容管理系統、網站內容管理系統、組織單元內容管理系統。

7.15 偽當地語系化 Pseudo Localization

把需要當地語系化的字串按一定規則轉變為「偽字串」並構建偽當地語系化版本的過程。在偽當地語系化的軟體上進行測試，可以驗證軟體是否存在國際化問題，使用者介面控制項的位置和大小是否滿足特定語言的要求。

7.16 硬編碼 Hard Code

一種軟體代碼實現方法，是指程式設計時，把輸入或配置資料、資料格式、介面文字等直接內嵌在原始程式碼中，而不是從外部資料來源獲取資料或根據輸入生成資料或格式。

7.17 缺陷 Bug

軟體產品在功能、外觀或語言描述中存在的品質問題。通常在品質保證測試期間由測試工程師將發現的缺陷上報，並分別由客戶方、當地語系化工程人員或翻譯人員解決。

7.18 優先順序 Priority

同時存在多種選擇時應遵循的先後次序，如詞彙優先順序、當地語系化樣式手冊優先順序、缺陷優先順序等。例如：在軟體當地語系化過程中，缺陷的優先順序通常按如下規則確定：

缺陷應立即修復，否則產品不能發佈；

缺陷不需要立即修復，但如果不修復，產品不能發佈；

缺陷不是必須修復，是否修復取決於資源、時間和風險狀況。

7.19 嚴重程度 Severity

指所發現的缺陷對相關產品造成影響的嚴重程度。嚴重程度較高的缺陷可能會影響產品的按時發佈。軟體缺陷的嚴重程度通常分為四級：

- 關鍵（Critical）：導致系統或軟體產品自身崩潰、死機、系統掛起或資料丟失，主要功能完全失效等；
- 高（High）：主要功能部分失效、感覺不方便或不舒服，但不影響功能的操作和執行。
- 中（Middle）：次要功能無法完全正常工作但不影響其他功能的使用；
- 低（Low）：影響操作者的使用體驗（如元的來源語言完全相同，其模糊匹配的程度（複用率））為100%。

7.20 重複 Repetition

在翻譯字數統計中，重複是指來源語言中出現兩次及以上的相同文本。

7.21 模糊匹配 Fuzzy Match

原始檔案中的待翻譯單元與翻譯記憶庫中翻譯單元的來源語言局部相同。模糊匹配的程度通常用百分比表示，稱為複用率。

7.22 完全匹配 Full Match

原始檔案中的待翻譯單元與翻譯記憶庫中翻譯單次要功能完全失效、資料不能保存等；

7.23 新字 New Word

模糊匹配程度（複用率）低於某一設定閾值的來源語言單詞或基本語言單位。

7.24 加權字數 Weighted Word Count

根據待翻譯單元的複用率，對其字數加權計算後得到的待翻譯字數。

D. 中國語言服務行業規範

Specifications for the Language Service Industry in China

ZYF 001–2014

當地語系化服務供應商選擇規範

Specifications for Selecting Localization Service Providers

2014 年 5 月 29 日發佈

Issued on May 29, 2014

中國翻譯協會

Translators Association of China

前　言

中國翻譯協會是包括翻譯與當地語系化服務、語言教學與培訓、語言技術工具開發、語言相關諮詢業務在內的語言服務行業的全國性組織。制定中國語言服務行業規範，推動行業有序健康發展，是中國翻譯協會的工作內容之一。

當地語系化服務是語言服務領域中綜合了翻譯、工程、排版以及測試等多種任務的服務，服務行業眾多，應用的專業知識廣泛，服務的專業性和時效性較強。為了合理應用資源，提供高效、專業的本地化服務，當地語系化服務需求方（客戶方）經常需要與當地語系化服務提供方進行合作，而大型當地語系化服務提供方也經常與其供應商合作，為此，科學而規範的選擇當地語系化服務供應商就成為當地語系化服務是否成功的重要因素。

本規範提供了選擇供應商的評估內容，給出了各項評估內容的詳細調查表，旨在指導客戶方選擇合適的當地語系化服務供應商，同時，本規範也適用於當地語系化供應商選擇其供應商（包括公司、團隊和個人）。由於不同的客戶對當地語系化服務的要求存在差異，客戶在選擇當地語系化供應商時，可以本規範為主要參考，結合具體採購業務類型和業務策略進行實施。無論是客戶方選擇當地語系化服務供應商，還是本地化服務企業選擇服務商，互利雙贏是選擇的目標。為此雙方都應該形成共識：構建客戶方與供應商良好的合作關係，需要雙方加強溝通，相互尊重，互相支持和適應。

本規範由中國翻譯協會當地語系化服務委員會編寫，由中國翻譯協會發佈。主要起草人：陳聖權（華為技術有限公司）、魏澤斌（北京創思立信科技有限責任公司）、林懷謙（文思海輝技術有限公司）、藺熠（北京天石易通資訊技術有限公司）、黃長奇（中國翻譯協會）、黃翔（北京萊博智環球科技有限公司）、陶慧（思迪軟體科技（深圳）有限公司）、崔啟亮（北京昱達環球科技有限公司）。

本規範於 2014 年 5 月 29 日首次發佈。

一、選擇當地語系化服務供應商的主要評估內容

選擇當地語系化服務供應商時，通常應評估供應商的以下內容：服務類別/語種數量、資源、綜合產能與報價、品質與流程、提交與回應、技術能力、資訊安全、社會責任。

1.1　服務類別/語種數量

1.1.1 能夠提供當地語系化服務的類別，如軟體當地語系化、當地語系化測試、當地語系化工程、多媒體業務、桌面排版等；

1.1.2 能夠提供的服務的語種數量或語言對數量。

1.2　資源

1.2.1 譯員/審校/語言專家/測試工程師：目標語母語人員，具備某領域專業/技術知識和豐富的翻譯和當地語系化經驗；

1.2.2 當地語系化專案管理師為全職雇員，且有豐富的當地語系化專案管理經驗，如提交過大客戶的大型項目；

1.2.3 針對客戶建立專職團隊，包括客戶經理、專案管理師、人力資源經理、品質管理師、技術經理、專案介面人等。相關崗位根據公司規模可以一人多職，但關鍵崗位需要專職；

1.2.4 有系統的資源招聘機制和穩定的資源來源，對於各崗位人員的資質要求明確、崗位職責清晰、招聘流程規範有效，招聘品質可信。

1.3　綜合產能與報價

1.3.1 按照品質要求提交項目的平均週期以及處理各種當地語系化業務

的最大產能；能同時並行的本地化測試語種數量；

1.3.2 完成計畫外緊急項目的能力，以及支撐緊急專案提交的流程；

1.3.3 能提供報價範本，並清晰定義報價要素。

1.4 品質與流程

1.4.1 有標準、有效的當地語系化流程，並有持續優化機制，如流程有效保障專案提交品質，應對不同場景、要求的流程定制化；

1.4.2 建立完善的品質管制系統，有專人進行品質管制，有高效的缺陷修復流程；

1.4.3 對提交品質和過程品質（如遺留缺陷率、缺陷報告、品質投訴處理、品質回溯等）做出承諾並遵從；

1.4.4 能定期提供提交專案品質報告給客戶；

1.4.5 國家標準化組織品質管制體系標準 ISO9001、歐洲標準 EN15038（歐盟）、軟體能力成熟度模型 CMM 、國家標準（如加拿大標準總署 CGSB131、美國材料與試驗協會標準 ASTMF2575）等品質體系或標準認證；

1.4.6 能夠匹配客戶的產品開發流程，需要熟悉客戶遵從的品質理念、品質方法和品質系統，包括與客戶相應品質保證團隊的對接，建立一致的語言品質保證體系。

1.5 回應與提交

1.5.1 對客戶需求及時回應，如承諾 1 小時內對客戶需求做出回應，3 個工作日內完成客戶投訴的處理等；

1.5.2 按照客戶要求的提交時間及時提交專案，兌現承諾，如專案及時提交率；

1.5.3 有高效例行的客戶交流和閉環機制。

1.6 技術能力

1.6.1 有專職的技術開發團隊支撐（外購或外包均可），能根據業務需要實現流程自動化、開發業務需要的檢查工具以及系統平臺。如電腦輔助翻譯（CAT）工具、翻譯記憶庫管理工具、翻譯專案管理平臺、術語系統、語言品質檢查工具、當地語系化工程工具、機器翻譯、電腦輔助翻譯（CAT）工具、翻譯記憶庫管理工具、術語管理系統、翻譯專案管理平臺，系統等；

1.6.2 能與客戶的系統和平臺對接，或共同合作進行軟硬系統平臺開發或設計。

1.7 資訊安全

1.7.1 涉及客戶專案的人員簽署保密協定（NDA），並有例行審視機制；

1.7.2 能遵循客戶方的資訊安全要求；

1.7.3 對於保密級別高的業務，能提供外派人員到客戶方現場等地工作；

1.7.4 通過國家標準化組織品質管制體系標準 ISO27001 認證或滿足客戶對資訊安全的要求。

1.8 社會責任

遵從當地的社會責任、道德、環境、法律法規要求。如不雇傭童工、使用正版軟體、慈善捐贈、安全和健康的工作環境、遵從勞動法、節能環保。

二、選擇當地語系化供應商的具體評估項

為了更好的理解本規範列出的各項評估內容，瞭解供應商的服務能力，可以以各評估項對供應商遵從情況進行評估（需提供說明或相關材料）。

2.1 服務類型 / 語種數量

- 貴公司是否全球佈局？這些分支機構分別分佈在哪裡、哪些城市？在中國有多少分支機構？
- 請列舉貴公司可以提供的當地語系化服務的類型。
- 您支援哪些語種的當地語系化服務？哪些是貴公司的優勢語種和優勢領域？
- 貴公司是否能支援人員外派服務？如果可以，哪些業務可以提供人員外派服務？
- 其他（可補充）

2.2 資源

- 貴公司是否可以為客戶建立專職團隊？如果可以，這個專職團隊中將設置哪些角色？是否可以提供這些角色分別承擔怎樣的職責職位說明書？

- 貴公司的當地語系化專案管理師資質如何？是否經過專業認證或培訓？如有多少年的當地語系化專案管理經驗？每年提交的專案規模是多少？最近一年提交的大型專案規模是多少？
- 貴公司是否有資源招聘系統、流程、標準？如有，請詳細描述。
- 貴公司使用的譯員、審校、測試專家等是目的語言為母語譯者、審校、測試專家的人員嗎？採取哪種合作模式：通過專職還是兼職與公司合作還是與個人合作、還是與機構合作模式？
- 貴公司是否支援外派員工到客戶現場辦公？對於外派員工的管理是否有清晰組織結構和流程支撐？
- 是否承諾為客戶提供服務的新資源進入、現有資源和退出等相關變動嚴格遵循客戶的流程要求？
- 其他（可補充）

2.3 綜合產能與報價

- 貴公司業務峰值時期的提交能力如何？針對特定客戶是否有對提交能力有範圍的承諾？如何支撐緊急項目？提交 100,000 字的多語言專案，正常週期需要多長？
- 貴公司是否可以支撐緊急專案？如果可以，能否描述貴公司對於緊急項目的定義和承接能力？
- 是否接受單價為含稅價，精確到小數點後兩位的單價？請詳細列出報價要素（可以以某一個項目為例）。
- 是否能根據客戶要求通過培訓等各種方式提升現有資源的產品技術理解能力、工具使用能力以及對應的專業能力？
- 能否根據客戶需求的彈性變化，準備穩定且靈活的資源支撐客戶的多元化需求？
- 其他（可補充）

2.4 品質與流程

- 貴公司是否通過國家標準化組織品質體系標準 ISO、軟體能力與成熟度模型 CMM、資訊技術基礎架構庫 ITTL 或者其他品質體系和標準的認證？如果通過，請附上認證通過資料。
- 貴公司是否有高效運行的當地語系化流程？如有，請附上流程文檔。
- 對於緊急專案是否有有效流程保證及時、高品質提交？
- 貴公司如何評價和驗收提交件品質？提交件遺留缺陷率可以控制在

什麼範圍？
- 貴公司是否有品質管制體系？如果有，請詳細描述該體系。
- 貴公司是否有內部品質評估報告？如果有，是否願意與客戶分享該報告？
- 貴公司是否與客戶具有相同的品質理念？是否能按照客戶品質要求建設運行有效的品質管制體系？
- 是否有系統的品質回溯機制？如果有，請描述該機制的運行方式。
- 能否承諾客戶提交件品質保質期？如果能，品質保質期多久？
- 如果提交件品質未達到客戶品質要求，是否有彌補措施？如果有，請詳細列舉。
- 其他（可補充）

2.5　回應與提交
- 在收到客戶的 Request 需求後多長時間內能確認資源並回饋結論給客戶？
- 貴公司能按時提交客戶所有的專案嗎？如不能，能承諾的及時提交率是多少？
- 是否能按照客戶要求提交專案提交件和過程件，包括但不限於已校對的和未校對的譯稿、答疑文件、術語、語料庫？
- 能否與客戶共同建設語言平臺，如風格指南（Style Guide）、術語庫、語料庫，並在共用平臺成果的基礎上承擔應有的維護義務？
- 是否具備完善的問題管理和投訴處理機制？如果是，請詳細描述該機制的運行方式。
- 專案實施過程中，如果有不理解的內容，是否有向客戶報告並請求解答的機制？如果有請附報告的範本或描述報告方法。
- 其他（可補充）

2.6　技術能力
- 貴公司是否有專職的技術和開發團隊？如有，團隊規模有多大？主要分佈在哪裡？
- 貴公司在專案管理、品質檢查、當地語系化測試、內容翻譯等方面是否有系統、平臺、工具的支撐？如有，請一一說明。
- 貴公司是否有資源管理系統（人力資源管理和語言資產管理）？該系統能實現哪些功能？是否為自主研發？

- 貴公司是否有線上協同翻譯平臺？該平臺能實現哪些功能？是否自主研發？
- 貴公司是否有排版品質檢查工具？是否自主研發？
- 其他（可補充）

2.7 資訊安全

- 是否有專職的資訊安全團隊？貴公司如何保障客戶資料安全？
- 貴公司是否有明確的資訊安全性原則？如有，請提供附件。
- 是否有健全的資訊安全制度，並能落地執行？
- 所有參與客戶專案的人員是否會簽署保密協定？保密協議有效期多長？
- 是否能按照客戶的資訊安全要求搭建辦公環境？
- 是否有網路安全制度和要求？是否遵循客戶的網路安全要求？
- 是否能根據客戶要求建立海外開發中心（Offsite Development Center）？
- 貴公司是否有資料安全的災難恢復系統，如果有，請說明。
- 其他（可補充）

2.8 社會責任

- 貴公司是否承諾遵循當地國家和地區的道德要求、環境保護法律法規？是否履行當地要求社會責任？
- 是否遵循當地勞動法規或者其他相關法律法規？
- 是否拖欠或變相克扣譯員（專職和兼職）工資和福利？是否提供安全與健康的工作環境？
- 是否遵循當地保險法律法規、稅務法律法規？

參考書目

一、譯作、中文書籍或中文論文（依筆畫排序）

01. Keiran J. Dunne、Natalia Levitina 等著，王華樹、于艷玲譯，《翻譯與本地化項目管理》（北京：知識產權出版社，2017 年）。

02. Michael Cronin 著，朱波譯，《數字化時代的翻譯》（北京：外語教學語研究出版社，2017 年）。

03. PMI 國際專案管理學會著，PMI 台灣分會譯，《專案管理知識體系指南 繁體中文第六版》（臺北：PMI 台灣分會，2018 年）。

04. 中司祉岐著，楊玉鳳譯，《業績飆倍的 PDCA 日報表工作法》（臺北：三采文化，2020 年 9 月）。

05. 方夢之著，《應用研究翻譯：原理、策略與技巧》（上海：上海外語教育出版社，2019 年）。

06. 王華偉、王華樹著，《翻譯項目管理》（北京：中國對外翻譯出版有限公司，2012 年）。

07. 王華樹主編，《計算機輔助翻譯概論》（北京，知識產權出版社，2019 年，一版）。

08. 王華樹主編，《翻譯技術實踐》（北京：外文出版社，2016 年），頁 177-181。

09. 王敏杰，《商務會議與活動管理實務》（上海：飛翔時代，2018 年）。

10. 王寶川主編，《計算機輔助翻譯》（重慶：重慶大學出版社，2018 年）。

11. 史宗玲著，《翻譯科技發展與應用》（臺北：書林出版社，2020 年 11 月），頁 39-40。

12. 李萌濤著，《計算機輔助翻譯簡明教程》（北京：外語教學與研究出版社，2019 年）。

13. 周鴻，〈論雙關語的翻譯 ── 兼談“不可譯”與“再創造”〉，收錄於《教育研究第二卷第二期》（新加坡：前沿科學出版社，2019 年）。

14. 高黎，《翻譯碩士培養研究：環境與結果》（北京：科學出版社，2018 年，二版）。

15. 唐旭日、張際標編著，《計算機輔助翻譯基礎》（武漢：武漢大學出版社，2018 年，一版二刷）。

16. 國家教育研究院，《世界各國翻譯發展與口筆譯人才培育策略》（臺北：元照出版，2016 年）。

17. 張敏敏著，《OGSM 打造高敏捷團隊》（臺北：城邦出版社，2020 年 4 月）。

18. 崔啟亮、羅慧芳，《翻譯項目管理》（北京：外文出版社，2016 年）。

19. 游舒帆著，《OTPR 敏捷工作法》（臺北：時報文化，2020 年 8 月，二版）。

20. 楊芷璇著，《基於注意力之英中對譯係統》（桃園：中央大學學術論文，2018 年）。

21. 管新潮、徐軍著，《翻譯技術》（上海：上海交通大學出版社，2019 年）。

22. 賴慈芸著，《譯者的養成：翻譯教學、評量與批評》（臺北：編譯館，2019 年）。

23. 潘學權著，《計算機輔助翻譯教程》（安徽：安徽大學出版社，2018 年 9 月，二刷）。

二、外文書籍或外文論文

01. Andrew Chesterman, Emma Wagner, *Can Theory Help Translators?: A Dialogue Between the Ivory Tower and the Wordface* (London: Routledge, 2014).

02. ApSIC S.L., *Using ApSIC Xbench* (Barcelona: ApSIC S.L, 2015).

03. Büchler, Guthrie, Donahaye, and Tekgül, Literary Translation from Arabic, Hebrew and Turkish into English in the United Kingdom and Ireland, 1990-2010 (Aberystwyth: Literature Across Frontiers, 2011).

04. Capita Translation and Interpreting, *CAPITA-IT-Machine Translation Whitepaper* (London: Capita Translation and Interpreting Inc., 2014).

05. Data and Research of Slator Reports, *Slator 2020 Language Industry Market Report* (Zurich: Slator Inc., 2020).

06. Dr. Laurence J. Peter, Raymond Hull, *The Peter Principle: Why Things Always Go Wrong* (New York: Harper Collins, 2014).

07. Douglas De Carlo, *eXtreme Project Management: Using Leadership, Principles, and Tools to Deliver Value in the Face of Volatility* (New Jersey: Jossey-Bass, 2004).

08. Geoffrey S. Koby, Paul Fields, Daryl Hague, Arle Lommel, Alan Melby, *"Defining Translation Quality"* Revista Tradumàtica: tecnologies de la traducció Número 12, Traducció i qualitat.

09. Hendrik J. Kockaert, Frieda Steurs, Julia Makoushina, *TRANSLATION QUALITY ASSURANCE WHAT IS MISSING?AND WHAT CAN BE DONE?* (XVIIIth FIT World Congress in Shanghai. 2008).

10. Ken Black, *Business Statistics: For Contemporary Decision Making* (New Jersey: John Wiley & Sons Inc, 10th edition, 2019).

11. Ke HU, Patrick CADWELL, *A Comparative Study of Post-editing Guidelines* (Latvia: Baltic J. Modern Computing, Vol. 4 (2016), No. 2, 2016).

12. Lynne Bowker, Jairo Buitrago Ciro, *Machine Translation and Global Research: Towards Improved Machine Translation Literacy in the Scholarly Community* (Bingley: Emerald Publishing, 2019).

13. Paola Valli, "*Fundamentals of Localization for Non-localizers*" Translation and Localization: A Guide for Technical and Professional Communicators (London: Routledge, 2019).

14. Sarah Hickey, *the 2019 Nimdzi 100* (Seattle: Nimdzi Inc., 2019).

15. Sarah Hickey, *the 2020 Nimdzi 100* (Seattle: Nimdzi Inc., 2020).

16. Sharon O'Brien, *Controlling Controlled English An Analysis of Several Controlled Language Rule Sets.* Proceedings of EAMT-CLAW, 3 (European Association for Machine Translation, 2003).

17. Thierry Poibeau, *Machine Translation* (Massachusetts Institute of Technology, 2017).

18. William N. Locke and A. Donald Booth, Machine translation of languages: fourteen essays (New York: Technology Press of the Massachusetts Institute of Technology, Cambridge, Mass., and John Wiley & Sons, Inc., 1955).

19. XTM International Ltd., *XTM User Manual* (London: XTM International LTd., 2020).

20. Yuka Jordan, *Uplevel Your Localization Project Management* (US: FLVTTA, 2017).

三、圖片資料來源

01. 圖 11.1-11.11 為 XTM 軟體內之截圖，請參考 XTM User Manual 內容。該部分圖片內容由 XTM International Ltd. 提供並授權。

02. 圖 12.1-12.4 為 Xbench 軟體內之截圖，參考 ApSIC S.L., *Using ApSIC Xbench* 內容。圖 12.1、12.2 可對照 ApSIC S.L., *Using ApSIC Xbench* 的 p.17、圖 12.3 可對照 p.23；圖 12.4 可對照 p.45 之內容。

03. 圖 14.1-14.6 為 TP 軟體內之截圖，詳細請參考 https://strategicagenda-kb.groovehq.com/help 內容。

18. William N. Locke and A. Donald Booth, eds. Machine Translation of Languages [illegible] (New York: [illegible] Press of the Massachusetts Institute of Technology [illegible]

19. [illegible] Manual (London: [illegible] International Ltd., [illegible])

20. [illegible]

[illegible]

21. [illegible]

22. [illegible]

23. [illegible]